작은 집을

짓다

작은 집을 짓다

조광복 지음

자립과 자존, 생태 존중,
우정과 환대의 집 짓기

황소걸음
Slow & Steady

차례

3 집 지을 준비

4 집을 짓다, 삶을 짓다

1. 터 정비, 기초

2. 골조

이번 이삿짐 싸기는 유난히 힘들었다. 장마 오기 전에 끝내 겠다고 몸을 급하게 놀린데다 물건 하나하나 가져갈 것, 버릴 것, 나눌 것으로 분류해야 하기 때문이다. 나한테 짐이 이렇 게 많았나? 처분하려니 물건마다 잊고 있던 사연이 쏟아진다.

먼저 버릴 물건의 기준을 정했다. 1년 이상 사용하지 않았고 앞으로도 안 쓸 것 같은 물건. 생각보다 간단치 않다. 과거형 인 '1년 이상 사용하지 않았고'는 이미 겪은 사실이지만, 미래 형인 '앞으로도 안 쓸 것 같은'은 전적으로 내 주관의 문제이기 때문이다. 가져갈 물건과 버릴 물건을 추리는 동안 물건에 배 어 있는 사연에 쿡 찔려 멈칫하기를 반복했다. 최대한 덜어내 기로 작정하고 몸과 마음을 들들 볶느라 며칠 새 폭삭 늙어버 린 느낌이다. '젠장, 집 지을 때도 멀쩡했구먼!'

양복과 그 위에 걸치는 코트는 한때 내 일복이었다. 그 옷 을 입고 일하고 돈을 벌었다. 그러나 손 안 간 지 오래됐다. 앞 으로도 입을 일은 만들고 싶지 않다. 나는 양복과 코트, 조끼 를 버릴 쪽으로 옮겼다. 박스 하나를 푸니 위촉장, 감사장, 위 촉패, 감사패 따위가 쌓였다. 이것들이 장식장에서 반짝거리던 시절도 갔다. 위촉장과 감사장은 버리면 되지만, 절대 썩지 않을 성싶은, 게다가 떼어내지 못할 집착처럼 내 이름자가 단단히 새겨진 '패'는 어떻게 해야 할지 난감했다. "이런 건 제발 좀 썩는 걸로 만들면 좋겠어." 푸념하고 버릴 쪽으로 옮겼다.

꽤 유명한 기업의 사장님 집에서 나온 고급 벼루 세트가 있다. 작은 벼루가 있으니 쓴 기억이 가물가물하다. 줄 만한 기관을 찾아 전화하니 수화기 너머에서 들리는 목소리. "그 벼루 저 주시면 안 돼요?" 애절한 목소리 덕분에 그이는 부잣집 벼루의 임자가 됐다. 책도 애물단지다. 한 번씩 나눠주기도 했는데 또 쌓였다. 일단 가져가서 나눌 것은 따로 분류하기로 했다. 손을 전혀 안 댄 살림살이가 제법 눈에 띄고, 생각지 못한 물건이 여기저기서 나왔다. 미리 정한 기준에 따르면 대부분 버릴 것이지만, 그중에 가슴을 찌르는 것이 있다. 그럴 때마다 통과의례처럼 잠시 망설였다.

정성스럽게 쓴 붓글 액자 두 점은 끝까지 눈에 밟혔다. 내 이름 석 자가 적혀 있다. 오로지 나한테 오기 위해 붓끝에서 태어난 물건이다. 하지만 좁은 공간을 차지하기엔 부피가 크다. 결정을 계속 미루다 버리기로 했다. 그런데 이것을 버리자면 유리를 빼고 액자를 부수고 그 안에 정성 들여 마감한 장식물을 뜯어내고 화선지인 내용물을 고깃고깃 접어야 한다. 나를 찾아온 정성에 비춰 무정한 해체 과정이 마음에 걸렸다. '일단 가져가서 어떻게 처분할지 생각하자' 했다.

이래서 제행무상諸行無常이라고 했나 보다. 한 시절 목에 힘

깨나 줬을 물건이 세월의 변덕 앞에서 힘을 잃어 소각되거나 매립되거나 다른 임자를 기다리는 처지가 된 것이다. 나도 변했다. 버릴 짐을 추리다가 뜻밖에 내가 변했음을 실감했다.

이삿짐을 부린 곳은 '산촌체험관'이라고 불리는 숙소에서 200m 떨어진 집이다. 나는 비로소 입주했다. 산촌체험관에 세 든 지 1년 6개월, 내 손으로 집을 짓기 시작한 지 1년 만이다.

*

'단출하게 살자' 해서 아등바등 짐을 버렸지만 그럴 수밖에 없기도 했다. 살림 들어갈 집이 고작 11.3평이다. 경량 목구조로 지은 이 집엔 실내 현관이 없다. 옛날 초가 문고리를 잡아당기면 바로 방인 것처럼, 이 집의 시건장치 없는 출입문을 열면 거실과 안방이 통으로 연결된 실내 공간이 나오고 오른쪽에 화장실 문이 있다. 화장실 벽을 사이에 둔 귀퉁이에 주방이 있고, 거실과 안방 역할을 하는 공간 한쪽에는 수납을 겸하는 붙박이장이 있다. 다용도실과 보일러실은 없다.

가난한 소농의 아내가 자투리땅 한 뼘도 놀리지 않으려고 쉼 없이 호미질하던 마음을 알겠다. 나는 11.3평에 최적화된 공간과 살림을 찾아내기 위해 만족스러울 때까지 호미질했다. 공간이 좁으니 옴짝달싹 못 할 거라 여기면 오산이다. 부지런히 호미질한 덕에 나는 이 공간에 맞는 자유를 얻었다.

다시 거실 문을 열고 밖으로 나온다. 그나마 봐줄 만한 데크가 있다. 데크 위 지붕이 건축 신고 대상에 들어가므로, 건물 11.3평과 데크 지붕 6평을 더하면 17평 남짓 되겠다. 내가 1년 동안 지은 살림집 공간의 전부다.

나는 집을 지어본 경험이 없다. 이 집을 짓기 전에 나는 결코 과장을 보태지 않고, 전구 하나도 제대로 못 가는 손재주 없고 겁 많은 '젬병'이었다. 어어 하며 좌충우돌하다 시간은 흘렀고 집이 세워졌다. 물론 집이 저절로 세워질 리 없다. 나는 포클레인 운전과 배선을 뺀 나머지 공정을 직접 계획하고 작업했다. 기초와 설비, 벽체, 지붕, 창호와 타일 등 내부 공사, 벽지와 장판, 붙박이장까지 내 손을 거치지 않은 공정이 없다. 이 집이 특별한 의미로 다가오는 것은 내 손으로 지었기 때문에 따르는 보상일 테다.

게다가 이 집은 별난 구석이 있다. 사람 사는 주택이라면 당연히 갖춰야 할 기본 설비가 없다. 일단 보일러나 구들이 없다. 바닥 난방을 하지 않기 때문이다. 정화조도, 수세식 변기도 없다. 대신 실내 화장실에 생태 변기를 설치해서 오줌과 똥을 모아 거름으로 쓴다. 실내 주방과 싱크대는 있지만, 싱크대 밑에 배수구가 없다. 하수 배관 공사는 했으나, 배수구를 막고 설거지물을 통으로 받아서 텃밭에 뿌린다. 물론 이 집은 건축 신고와 준공검사까지 마치고 사용 승인을 받은 어엿한 건축물이다.

이렇게 집을 짓겠다고 했을 때, 내가 '똥손'인데다 공간지각 능력 제로에 가깝다는 사실을 익히 아는 사람들은 뜨악해하면서도 진심으로 걱정했다. 나는 걱정을 뒤로하고 손과 마음이 가는대로 집을 지었다. 짓고 나니 알겠다. 집은 그저 딱딱한 건축물이 아니라 한 사람, 한 가족의 '사연'이면서 '욕망의 다른 모습'이다.

*

2020년 12월 28일, 나는 함양을 지나는 백두대간 자락 산골마을로 들어와 마을이 운영하는 산촌체험관에서 숙박을 시작했다. 2021년 6월, 장마전선이 북상하기 직전에 터 파기 공사[1]를 했다. 여름에 시작한 공사는 가을, 겨울, 봄을 지나 이듬해 6월 비로소 준공, 즉 사용 승인을 받았다. 그리고 7월 초 입주했다. 집을 짓는 데 꼬박 1년이 걸린 셈이다.

그런데 정말 1년뿐이었을까? 하늘에서 떨어지듯 홀연히 집지을 땅과 인연을 맺지는 않았을 것이다. 없던 손재주가 어느 날 갑자기 생겨 망치를 잡지는 않았을 것이다. 보일러가 없는, 싱크대 배수구가 막힌, 수세식 변기가 없는 이상한 집을 만들자고 마음먹기까지 똥이 거름이 되는 시간보다 훨씬 긴 숙성 시간이 필요했을 것이다. 그러므로 이 집은 물리적인 힘을 투입한 1년에 이 집이 태어나기 위해 필요한 세월을 더해 '비로소' 지어졌다.

---

1 기초를 세우기 전에 터를 정비하는 작업.

이 글은 내 손으로 집을 지은 이야기지만, 그 이야기에는 '이 집이 지어지기 위해 필요한 세월'을 함께 담았다. 이때 내 손으로 집 짓기의 키워드는 '생태 존중, 자립과 자존, 우정과 환대'인데 모두 '관계 맺기'와 관련 있다. 즉 나와 생태 환경의 관계 맺기, 나와 나 자신의 관계 맺기, 나와 타자의 관계 맺기다. 물론 얼치기 초보라서 겪은 어려운 점이나 시행착오, 경험 없이 집을 짓겠다는 이들이 고려해야 할 내용도 포함하고 있다. 그러나 감히 자신을 목수라 부르지 못하는 나로서는 기술적인 문제를 언급하기 조심스럽다. 실무 기술적인 내용은 깊이 다루지 않지만, 집 짓는 공정이 포함되므로 전문용어가 나올 텐데 이해가 안 돼도 신경 쓸 것 없다. 나조차 다 이해한 상태에서 집을 지은 것은 아니다.

모든 게 첫 경험인지라 걱정을 안고 일을 벌였지만, 집을 짓는 과정은 꽤 즐거웠다. 무엇이 고래도 아닌 나를 춤추게 했는지 가끔 궁금했다. 백두대간 자락에 자리한 집터에서 풍광을 조망하는 기쁨도 무시할 수 없으나, 종일 바깥 경치만 보며 '멍 때리고' 있을 순 없지 않은가. 경험으로 볼 때 고통 거리도 찾을수록 마음의 곳간에 쌓이지만, 즐길 거리도 찾을수록 쌓인다.

내 손으로 집을 지으면서 얻은 즐거움이 많다. 집을 구상하고 행동으로 옮기면서 내가 소중하게 생각해온 '생태 존중과 자연 순환 삶'의 가치를 불어넣는 즐거움이 있었다. 손재주와 공간지각 능력 떨어지기로는 둘째가라면 서러워할 콤플렉스를 단박에 뛰어넘는 즐거움도 있었다. 전체를 아울러 스스로 책임지면서 쉬고 싶을 때 쉬고 일하고 싶을 때 일하는 전일숲—노동이 주는 즐거움도 컸다. 몸에 집중하면서 아프고 눌려서 굳은 응어리가 점점 물러져 부드러워지는 '치유'도 경험했다. 무엇보다 집은 혼자 지을 수 없다. 하다못해 동네 철물점 사장님하고도 상의할 일이 생긴다. 혼자 난감해할 때 불쑥 나타나 이것저것 거들어주는 이웃이 있다. 작은 집에서 평생 함께 살 아내와 주말마다 같이 일하고 티격태격 다투면서도 신뢰가 깊어지는 기쁨을 누렸다. 거기다 짬을 내어 먼 길 찾아온 벗과 어울려 수고하고 저녁에 술잔 기울이는 맛의 각별함이라니.

내 손으로 집을 짓는다고 했을 때, 집은 지금의 내가 짓는 게 아니라 나의 평생이 짓는 것이다. 나도 안다. 어떤 이들에게는 내 집이 초라하고 볼품없다는 사실을. 그러나 이것은 그렇게 보는 분들 사정이다. 오로지 내 사정인, '세상에 하나뿐인 집'으로 가는 모험 길을 지금부터 펼쳐 보이겠다. 혹시 아는가. 천방지축으로 쏘다니다 누군가의 가슴에 가닿을지.

1

긴 여행

그리고

인연

결핍과 로망 사이

나는 늘 바깥으로 돌았다. 머리가 굵어지고부터 방황을 거듭하던 내게 집은 꽉 막힌 속박이면서 앞이 보이지 않는 터널이었다. 마음이 좀처럼 머물지 않는 곳이 집이었다. 나이 먹어서도 한곳에 정착하지 못했다. 번듯한 집을 장만하고도 달랑 몇 년 살고 나왔다. 보통 자기 집에서 안정감이나 충족감이 든다는데, 나한테 그런 집은 없었다.

　이런 내 마음 깊은 곳에 언제나 아련하고 애틋한 집 한 채가 자리하고 있었다. 남쪽 마을 아담하고 양지바른 고향 집이다. 큰집 사촌 누이, 형들과 거기에 얹혀사는 우리 형제 누이들이 오글오글 모여 똥닭기[1]며 오자미,[2] 나이먹기[3] 놀이를 하며 앞마당에서 뒷마당으로, 뒷마당에서 앞마당으로 여느 시골집 장독대 옆 앵두나무 가지의 참새 떼처럼 몰려다녔다. 그러다 짓궂은 사촌 형이 뒷간 아래 똥돼지라도 풀어놓으면 나는 울며불며 도망 다녔다. 분가하고 초등학교에 들어간 뒤로도 방학

1　내가 태어난 곳에서는 자치기를 '똥닭기'라고 불렀다.
2　두 편으로 나눠서 바깥에 있는 편이 오자미로 안쪽에 있는 편을 다 맞히면 이기는 놀이다.
3　다방구와 흡사하다.

때마다 고향 집에서 그러고 놀았다.

고향 집은 오랫동안 내 기억 속 보물 창고였고, 까치발로 손을 뻗어도 닿지 않아 입맛만 다시던, 찬장 높은 곳에 숨겨놓은 꿀단지였다. 그래서일까? 조금은 이른 나이라 할 수 있는 30대 후반부터 마당과 텃밭 있는 집 지을 땅을 찾아다녔다.

돈이 지은 집

30대 후반에 나는 시내에서 노무사 사무소를 운영했다. 집 지을 땅은 출퇴근이 가능한 곳에 있어야 했다. 관심은 오로지 마당과 텃밭이었다. 어떤 집을 짓고, 앞으로 어떻게 살겠다는 계획은 없었다. 집터 고를 안목은 당연히 갖추지 못했다. 말하자면 인생살이의 갈피를 잡지 못한 채, 시내에서 좀 떨어진 곳에 땅 200평을 장만했다.

땅 뒤에 있는 나지막한 산이 마음에 들었다. 그곳은 이른바 '업자'가 야산을 깎아내고 택지를 개발해서 분할한 뒤 개인에게 분양한 전원주택 단지였다. 얼핏 정취 있어 보이던 풍경이 이내 불편해졌다. 야산을 밀어버린 땅덩어리가 폭력적으로, 마치 점령군 행세를 하는 듯했다. 전원주택 단지 속성이 그렇다는 것을 나중에 알았다. 게다가 유럽풍인지 미국풍인지 여기저기 근사한 집이 들어서자, 젊은 나로서는 전원주택 단지에 어울리는 집을 짓는 일이 꽤 부담스러웠다. 좀 더 소박하고 조용한 곳에 가기로 하고, 1년 만에 그 땅을 처분했다. 첫 실연이었다.

다시 장만한 땅은 그보다 외진 시골 마을에 있었다. 지목은 밭이었다. 저수지에서 땅이 있는 마을까지 2km쯤 되는 길이 예뻤다. 외지인이 하나둘 들어오는 참이다. 땅 바로 옆에 집이 한 채 있는데, 이렇게 말해서 미안하지만 주인 여편네가 마당 귀퉁이에 창고 같은 건축물을 지어놓고 작은 슈퍼를 운영했다. 그이는 슈퍼에 오는 외지인한테 땅을 소개하고 돈을 받았다. 공인중개사도 아니면서 그 못지않은 돈을 '복비'라고 요구한 것이다. 언짢았지만 마을이 마음에 들고 집 짓고 텃밭 가꾸기에 적당한 땅을 구하는 일도 쉽지 않아, 원하는 대로 소개비를 줬다.

여기에 집 짓던 때를 생각하면 아직도 낯이 뜨거워진다. 전 목수라는 건축업자를 소개받아 골조는 한옥 형식 중량 목구조, 벽체는 황토 벽돌, 지붕은 아스팔트 싱글[4]로 짓기로 하고 건물 평수와 내부 구조, 공사 금액만 약정했다. 그걸로 끝이었다. 업자인 목수는 자세히 알려주지 않았다. 부끄럽게도 나는 내가 살 집에 어떤 자재가 들어가는지 몰랐다. 세부 견적서를 요구하지도, 받지도 않았다. 설계는 목수한테 맡기고, 목수가 거래한 건축사 사무소가 어디인지 몰랐다. 전등도 목수가 샀다. 전 목수가 거실용 전등이라며 장식이 요란하게 달린 샹들리에를 가져왔을 때는 기가 찼지만, 알아서 하라고 맡긴 상태였다. 말이 안 되는 짓인데 그렇게 했다.

공사 금액은 아름아름 추가됐다. 처음에 명확히 하지 않으면 추가될 수밖에 없었다. 내가 한 일은 가끔 들러보는 것, 계

---

4 싱글은 지붕널, 판재를 뜻한다. 아스팔트 싱글은 방수를 위해 아스팔트 재질로 된 싱글이다.

약금과 중도금을 또박또박 입금하는 것. 그렇게 해서 30평 저택(?)과 3평 남짓한 창고 겸 보일러실이 탄생했다. 이 집이 날림인 것은 금방 표가 났다. 입주하고 몇 달 뒤, 천장에 댄 판재와 함께 쥐가 거실로 떨어졌다. 하물며 동지섣달 찬 바람쯤이야!

시골에서 30평이면 저택이란 걸 살면서 알았다. 멋 부린다고 천장을 잔뜩 높인데다 단열도 제대로 하지 않았으니 난방비가 많이 드는 건 당연했다. 화목·기름 겸용 보일러라 간벌한 야산을 쏘다니며 나무를 실어 왔다. 집을 짓고 살면 달라질까 싶던 마음은 여전히 집에 머무르지 못했다.

돌이켜 보니 나를 제쳐두고 돈이 집을 지었다. 더 깊이 들어가면 내 삶을 짓지 않고 그저 딱딱한 건축물을 지은 것이 문제였다. 집은 들어섰으나, 나는 바깥으로 돌았다. 물론 365일 내내 그렇다는 건 아니다.

어린 아들과 함께 보낸 시간의 즐거움이야 말할 나위 없고, 텃밭 농사만큼은 멋진 경험이었다. 도시를 전전하며 살던 나는 농사지어본 일이 없었다. 그런 내가 150평쯤 되는 큼직한 밭을 삽과 괭이와 호미로 일궜다. 손에 닿는 보송보송한 흙이 좋았다. 고향 집 마당에서 손바닥에 올려놓곤 하던 땅강아지와 다시 마주치는 두근거림도, 여기저기 고물거리는 지렁이가 늘어나는 재미도 쏠쏠했다. 흙을 뒤집어쓴 채 손에 잡히는 감자, 고구마의 까슬까슬한 감촉이 좋았다. 나는 그야말로 '흙'에 꽂혔다.

흙에 꽂히고 나니 문제가 생겼다. 원하는 삶의 방향이 나도 모르는 사이에 바뀐 것이다. 뿌리내리지 못한 생활을 거듭한 터라 무엇보다 돈을 벌어 '안정'을 누리고 싶은 욕망이 컸다. 그 욕망을 실현하느라 돈을 모아 빚지지 않고 땅을 사고 집을 지었는데, 어느 날부터 내게 돈과 안정을 선사하던 노무사 사무소 일이 싫증 나기 시작했다. 대신 흙을 만지며 살고 싶었다. 그 열망은 갈수록 커졌다. 더 깊이 들어가 살 산자락의 땅을 알아보기도 했다. 지리산 골짝까지 알아봤는데, 그 동네 땅이 그렇게 비싼지 처음 알았다. 집에 붙어 있는 시간이 점점 줄뿐더러, 집에 있는 동안 말수도 줄었다. 집을 지어서 들어가 산 지 3년이 지나 집을 나왔다. 혼자였다.

바랭이농장의 추억

산자락에서 땅을 일구며 살겠노라는 소망은 얼마간 미루기로 했다. 노무사 자격증을 따서 돈벌이만 하다가 떠나면 마음에 빚으로 남을 것 같았다. 뜻이 통하는 시민, 노동자와 함께 취약 계층 노동자를 상담하고 그들의 권리를 지원하는 비영리단체를 설립했다. 수중에는 머지않아 소망을 이룰 종잣돈만 남았다. 생활비를 넘어선 돈은 벌지 않기로 마음먹었다. 길어야 5년이라 생각했다. 세상일이 그렇듯, 나는 5년을 훌쩍 넘겨 12년 동안 비영리단체에 머물렀다.

일터를 비영리단체로 옮기고 6년이 지나서야 주머니 사정에 맞는 땅을 구했다. 시골 야산 아래 500평에 조금 모자라는, 주말농장으로는 널찍한 땅이었다. 집을 짓기에는 돈이 부족할뿐더러, 그때는 내 손으로 집을 짓는다는 생각은 감히 꿈도 꾸지 못했다.

의욕 충만하게 연장도 장만하면서 주말 농사의 첫걸음을 뗐다. 창고는 직접 지을 엄두가 나지 않아 플라스틱 재질로 구입했다. 밭에는 650ℓ들이 고래통 두 개를, 집에는 오줌통과 똥통 그리고 톱밥을 두고 똥오줌과 음식물 찌꺼기를 모으기 시작했다. 이즈음 나는 자연에 해를 덜 끼치면서 농사를 지어보자고 마음을 굳힌 터였다. 똥오줌을 모으는 데 전혀 망설이지 않았다. 집에서 모은 똥오줌과 음식물 찌꺼기는 주말마다 밭에 가져가서 고래통에 부었다. 오줌은 한 번씩 밭에 뿌리고, 똥과 음식물 찌꺼기는 11월에 꺼내 풀과 깻묵을 섞어 퇴비를 만들었다. 그렇게 1년이 더 지나면 거름으로 쓴다.

지구별에 터 잡고 사는 모든 생명은 자기 삶터에서 먹거리를 얻고, 자기의 배설물을 그리고 종국엔 자기 몸을 삶터에 돌려보낸다. 생명 활동의 근본은 자연 순환의 원리에 있다. 나도 그러고 싶었다. 우선 밭에서 나온 것을 밭으로 돌려보내기로 했다. 자연 순환 농사를 짓고 싶었다.

그리고 무모하게 트랙터 없이 손쟁기, 삽, 괭이, 호미 등으로 밭을 일구기 시작했다. 밭에 기계를 들이면 그 무게 때문에 땅이 딱딱해져서, 깊이 갈기 위해 또 기계를 들여야 한다. 우리 눈에 보이지 않지만, 땅속에는 지렁이를 비롯해 수많은 생명이 살고 있다. 그들의 삶터를 갈아엎지 않고 되도록 함께 살고 싶었다. 제초제를 포함해 농약과 화학비료를 쓰지 않고, 비닐도 씌우지 않았다.

모르면 용감한 거다. 그렇게 첫해 농사를 지었다. 마을 어른마다 혀를 끌끌 차며 "풀을 어떻게 이겨? 비닐 씌우고 헛골에다 제초제 뿌려" 하셔도, 그 허다한 핀잔과 잔소리를 견뎌내며 농사지은 결과물은 초라하다 못해 비참했다. 이만저만 의기소침한 게 아니었다.

대풍은 따로 있었다. '잡초의 여왕'이라 불리는 바랭이다. 뽑아도 뽑아도 이를 앙다물고 고개를 쳐드는 모습이 징글징글했다. 줄기 마디마다 다시 뿌리를 내려서 사방으로 퍼져가는 모습은 마치 인간을 숙주로 번식하는, 그 유명한 영화 속 외계 생명체 에이리언을 닮았다. 전의를 상실하자 온 밭을 에이리언이 점령했다.

한 해 농사가 끝났다. 문득 이 밭에서 가장 재미 본 놈 이름으로 밭 이름을 지어보자는 치기가 발동했다. 바랭이, 하고 불러보니 입에 붙었다. 그날부터 내 밭은 '바랭이농장'이 됐다.

손쟁기로 밭을 갈고 호미로 풀을 긁어내며 두어 해 몸 고생을 하다 보니, 문득 잔꾀를 부려볼 생각이 났다. 밭을 갈지 않고 두둑을 그대로 둔 채 농사지을 순 없을까? 풀이란 놈은 도저히 이겨 먹을 수 없으니 낫으로 베어 그 자리를 덮으면 어떨까? 이런 농사 방식이 자연농이라는 걸 나중에 알았다. 후쿠오카 마사노부福岡正信, 가와구치 요시카즈川口由一, 최성현 등 선구자들이 해온 자연농의 핵심은 자연 순환 원리에 따라 농사를 짓되, 특히 밭을 갈지 않는 것이다.

잔꾀에서 비롯됐지만, 점점 진지해져서 여러 책을 보고 공부하며 바랭이농장에 자연농을 적용했다. 아울러 자연농으로 전환한다는 것은 농사짓는 방법은 물론, 살아가는 일과 자연의 뜻이 일체가 되도록 삶을 전환하는 과정을 포함한다는 사실도 깨달았다. 주말농장을 해서 다 안다는 건 관념이다. 머리로 이해했을 뿐이다. 그래도 처음 마음먹을 때 '산자락에서 땅을 일구며 살겠다'는 소박한 생각에 머물렀다면, 이즈음부터 확고하게 삶의 방향을 세워가기 시작했다.

재주 부족한 내게 그나마 있는 장점은 꾸준함이다. 주말마다 바랭이농장으로 출근해 별 소득 나오지 않는 농사일을 했다. 나는 농사일이 재미있었다. 마을 어른들의 잔소리도 점점 잦아들었다. 아무리 말해도 한 귀로 듣고 흘려보내니 이분들이 포기할 만했다. 그러나 치매가 있는 분은 불편한 몸을 끌듯이 왔다 갔다 하며 줄기차게 "비닐 씌워" "그라목손 뿌려"를 반복하셨다. 이분은 맹독성 제초제 그라목손이 판매 금지된 사실을 모르는 모양이었다. 감춰두고 몰래 써야 한다는 사실을 잊어버렸는지도 모른다.[5]

이 어른의 치매는 갈수록 심해졌다. 내 밭을 지나 올라가면서 30분, 다시 내려가면서 30분 동안 똑같은 말을 반복했다. 나도 요령이 생겨 그 어른이 지나갈 때는 멀찌감치 도망가서 딴 데를 쳐다보고 일했다. 그러다 방심하는 사이에 제대로 붙들렸다. "여기 이 밭에 말이지, 왔다 갔다 하는 젊은 노무 새끼가 있는데 말이지, 풀도 안 매놔서 밭을 이 지랄로 만들어놨어, 그 쌍노무 새끼가 말이지. 그래서 하루는 그놈이 저기 나무 밑에서 자빠져 자길래 내가 면상에다 흙을 확 뿌려부렀어. 그 새끼가 두리번거리더니 다시 자빠져 자더라고." 이 어른은 발을 점점 더 심하게 끌고 다니더니 어느 날 자취를 감췄다.

---

5 독성 물질 파라콰트디클로라이드가 함유돼 '자살용 농약'으로 불리는 그라목손은 2012년 11월 1일 판매 금지됐다. 그러나 판금 전에 대량 구매한 농민들이 창고에 두고 사용해, 그 후로도 음독 사고가 끊이지 않았다.

요양원에 가셨다고 했다.

몇 년 뒤 마을 주민 몇 분을 밭으로 모셔 삼겹살과 소주를 대접하는데, 이장님이 말씀하셨다. "내가 쭉 지켜봤는데 말이여, 자넨 성실한 사람이여." 성실한 사람이란 말에 복잡다단한 감정이 섞였음을 느려 터지고 둔한 나도 느낄 수 있었다.

아무튼 바랭이농장에서 보낸 7년은 재밌고 유익했다. 나는 바랭이농장에서 자연농을 알았고, 생태 존중과 자연 순환 농사를 배웠다. 마음 통하는 벗들과 어울려 감자, 고구마를 수확해서 나누고, 밭둑에 앉아 주거니 받거니 마시는 막걸리 맛은 무엇에도 비할 수 없었다.

이제 집을 마련해야 할 때가 왔다. 언제까지 주말 농사만 지을 순 없었다. 그러나 한심하게도 나는 전구 하나 제대로 못 가는 딱한 신세였다. 부끄럽지만 주말농장을 하면서 평상 하나 직접 만들어보지 못했다. 손으로 하는 일에 콤플렉스가 있었다. 건축 학교에 다녀볼까 생각도 했지만, 엄두가 나지 않았다.

그렇다면 업자한테 맡겨서 집을 지어야 하는데, 돈이 턱없이 모자랐다. 더 큰 문제는 바랭이농장이 움푹 들어가서 물이 모여드는 곳이라 집터로 적당치 않고, 작은 개울을 건너는 다리 폭이 좁아 확장해야 했다. 말하자면 집 짓는 비용 외에 물막이 토목공사비, 다리 확장 공사비를 추가해야 했다. 땅이 주변 시세보다 싼 데는 다 이유가 있었다.

바랭이농장은 밭으로 계속 사용하고, 그 주위에 싸게 나온 집이 있는지 알아봤다. 지상권만 있는 집도 찾아봤으나 마땅

한 곳이 없었다. 그러던 차에 전북 시골 마을에 있는 '귀농인의집'에서 1년 약정으로 생활하던 J씨를 방문했다. 귀농인의집은 지방자치단체가 귀농·귀촌인의 정착을 지원하기 위해 일정 기간(보통 1년) 임대하는 주택이다. 나는 바랭이농장을 처분하고 비영리단체 활동도 정리한 다음, J씨가 살던 귀농인의집에 들어갔다. 여러 해 갈지 않고 썩은 풀이 겹겹이 쌓인 바랭이농장 땅은 내가 떠날 즈음 부드럽고, 보송보송하고, 사랑스럽기까지 해서 못내 아쉬웠다.

그리고 인연

삶의 터전을 옮긴다는 게 별 감정 없이 칼로 무 자르듯 할 수 있는 일이 아니다. 업자가 지은 집에서 나와 다른 지역으로 옮길 때는 겨울이었다. 마음이 스산한 게 찬 바람 탓만은 아니었을 것이다. 귀농인의집으로 갈 때도 겨울이었다. 그 스산함을 다시는 겪고 싶지 않았다. 이제 정착하라는 신호구나 싶었다.

나는 1년 동안 귀농인의집에 머물렀다. 집에 딸린 밭에서 농사지으며 정착할 방도를 찾기 시작했다. 마을 사람들하고 관계도 좋은 편이어서 그 마을에 남는 것을 우선으로 생각했다. 문제는 주머니 사정이었다. 땅을 사고 업자에게 맡겨서 집 지을 돈이 안 됐다. 밭 딸린 빈집을 찾아봤다. 작아도 밭은 필요했다. 자연농을 하려면 오랜 세월 땅을 만들어야 하는데, 빌린 땅으로 오래 농사짓는다는 보장이 없다. 작은 마을에서 이런 조건을 갖춘 저렴한 집은 좀처럼 나오지 않았다. 땅이라도 알아보고 집은 그 뒤에 생각하기로 했다. 설상가상으로 마을의 집 지을 만한 농지는 죄다 종중 땅이었다. 매매가 사실상 불가능하다는 뜻이다. 이장을 비롯해 몇몇 마을 사람이 땅을 알아보겠다고 했지만, 마땅한 터가 나오지 않았다.

이 마을에서 정착할 수 없다면 어디를 가더라도 새로 적응해야 하기는 마찬가지다. 나는 범위를 인근 지역까지 넓히기로 했다. 지방자치단체와 귀농·귀촌 안내 사이트를 찾아봤다. 게시물 하나가 눈에 들어왔다.

경남 함양군 백전면에 위치하며, 2001년부터 분양이 시작되어 현재 약 4만 평 부지에 15세대가 사는 마을입니다. 모든 토지는 마을 공동소유이며 세대당 텃밭 포함 약 320평(대지 200평에 한함)이 주어지고, 건축한 집에 한해서 개인 등기를 할 수 있습니다. 나무를 함부로 벨 수 없으며 농약과 화학비료를 사용할 수 없는 등 생활에 관한 규약이 있고, 두 달에 한 번 마을 회의에서 마을 현안을 논의하며 결정합니다.

마을 소개 글 뒤에 입주민 두 가구를 모집한다는 내용이 덧붙었다. 토지가 마을 소유라는 점이 흥미로웠다. 그러니까 마을 소유인 일정 규모 토지에 개인 소유의 집을 짓고, 그 토지도 개인 소유처럼 사용할 권리를 분양하는 것이다. 나무를 함부로 벨 수 없고 농약과 화학비료를 사용할 수 없다니, 한눈에 봐도 일반 분양 업자가 올린 글은 아니다. 분양 금액도 총액 기준으로 감당할 만한 수준이다. 혹시 말로만 듣던 생태 공동체? 이 나이에 규율이 엄격한 공동체 생활은 부담스럽다. 궁금증을 해소하기 위해서라도 가보기로 했다.

해발 500m에 있다는 마을을 찾아가는 길은 생각만큼 험하지 않았다. 개울을 왼쪽에 둔 포장도로는 점차 폭이 좁아지면서 비교적 완만하게, 몇 번은 구불거리며 산속으로 들어갔다. 꽤 왔다 싶을 무렵, 갑자기 확 트인 분지가 펼쳐졌다. 산이 병풍처럼 둘러친 모습이었다. 여기구나 싶었다. 기대감도 생겼다. 그러나 차를 더 몰아 이 마을이구나 싶은 곳으로 들어선 순간, 기대는 실망으로 급변했다. 제법 큰 주택 단지가 있었다. 30대 후반에 집 지어서 들어가려다 만, 야산을 싹 밀어버리고 들어선 그 전원주택 단지의 느낌. 실망으로 관심이 뚝 떨어진 상태에서 전화하니, 바로 옆에 '내가 가야 할' 작은 마을이 있었다.

2020년 12월 28일, 내가 가야 할 작은 마을이 관리하는 산촌 체험관의 방 하나를 얻어 입주했다. 2년 이내에 집을 짓되, 그때까지 다달이 임대료를 내고 거주하는 조건이었다. 다시 겨울이었다. 그런데 이상했다. 그리 스산하지 않았다. 집 지을 걱정이 곧 밀려들겠지만 짐 정리를 마친 그 시간만큼은 편안했다.

2

내 손으로

지을

결심

콤플렉스의 서사

군사정권 시절에 학교를 다녔다. 운동장은 연병장을, 교장이 훈시하는 조회대는 사열대를 겸했다. 학교는 '민족중흥의 역사적 사명을 띠고 이 땅에 태어났다'[1]에서 돌연 '정의 사회 구현'[2]을 위한 전당으로 탈바꿈했으나, 연병장과 사열대는 변함없이 그 자리에 있었다. 중학교에 입학하면 아직 애티를 벗지 못한 남자애들은 머리를 빡빡 밀고 시커먼 교복에 달린 호크를 채운 채, 어디서든 선생님을 만나면 큰 소리로 "충성!" 하고 거수경례를 해야 했다.

고등학교와 대학교에는 교련 과목이 있었다. 군복과 군화를 흉내 낸 교련복에 교련화를 착용하고, 종아리에 각반을 찼다. 대학교 교련 시간에 M16 소총을 분해·조립한 적이 있다. 교관이 학생들에게 총을 한 자루씩 주고 시범을 보였다. 다음은 학생 차례다. 눈썰미 좋은 학생은 빠르게, 그렇지 않은 학생은 좀 느려도 낙오자 없이 분해와 조립을 해냈다. 나만 예외였다. 그 망할 놈의 총에 손댈 엄두조차 못 내고 꿔다 놓은 보릿자루

---

1 박정희 정권 때 제정한 국민교육헌장의 첫 구절이 '우리는 민족중흥의 역사적 사명을 띠고 이 땅에 태어났다'이다.

2 전두환 정권이 내세운 국정 과제.

처럼 쭈뼛쭈뼛 서 있었다.

종교적 신념이 있거나 평화주의자라서 총을 거부한 게 아니다. 가여운 내 손이 분해와 조립을 할 수 없었을 뿐이다. 교관은 꽤 차분하고 참을성 있었다. 내가 하는 꼴을 지켜보다 본인이 내 앞에서 총을 분해하고 조립했다. 민망했지만 새삼스러울 게 없었다. 나는 늘 그랬다. 중·고등학생 때도 미술, 기술, 과학… 아무튼 손을 써야 하는 모든 교과 시간에는 꿔다 놓은 보릿자루가 됐다.

공간지각 능력까지 떨어졌다. 20대 때 자취방을 옮기는데, 짐을 뺄 곳과 이사할 곳은 골목을 따라 200m 남짓한 거리였다. 가까우니 친구들이 와서 짐을 옮겨주기로 했다. 살던 자취방에서 출발해 친구들을 데리고 이사할 자취방으로 갔다. 그리고 함께 되돌아왔다. 지금 생각하면 내가 되돌아온 게 아니라 친구들을 따라왔을 것이다. 이제 각각 이삿짐을 나른다. 짐을 들고 이사할 방으로 간 것은 좋았는데, 나는 그만 돌아오는 길을 잃어버렸다. 얼마나 찾아 헤맸는지 모른다. 진이 빠져서 자취방에 도착했을 때, 친구들은 짐을 다 옮기고 나를 기다리는 중이었다.

이런 일이 한두 번이 아니었다. 역시 20대 때, 한번은 시장 근처 어느 가게에서 떡을 사다 떡국을 끓여 먹었다. 복통과 설사로 밤잠을 못 자고 남은 떡을 보니 여기저기 곰팡이가 핀 게 아닌가. 떡을 산 값이라도 돌려받겠다고 집을 나섰지만, 끝내 그 가게를 찾지 못하고 헤매다 돌아왔다. 이 심각한 문제는 공간지각 능력과 관계있다. 이를테면 앞에서 어떤 물체를 보면 옆과 뒤에서 봤을 때 모습도 어느 정도 추측할 수 있어야 하는데, 나는 그게 안 된다. 그러니 돌아가는 길을 못 찾는 것이다.

나처럼 손재주와 공간지각 능력이 떨어지는 사람도 드물 것이다. 물론 태어날 때부터 그토록 심하진 않았을 테고, 남보다 손이 서투른 편이었을 것이다. 어떤 계기로 열등감이 생겼고, 그 열등감이 손쓰는 일을 회피하도록 만들었고, 그 결과 콤플렉스가 심화하지 않았을까. 이 악순환이 차곡차곡 쌓여 이 지경에 이르렀을 것이다.

나는 역설적이게도 내 콤플렉스를 통해 콤플렉스의 '서사'를 이해했다. 원래 별문제가 안 되던 '부족한 부분'이 경쟁에 노출되고, 창피당하고, 심하면 모욕과 좌절을 겪으면서 어느 날 콤플렉스에 빠진다. 그때부터 부족함과 콤플렉스는 부추기고 상호작용해 서로를 갉아먹는다. 이 상황에 접어드는 때부터 콤플렉스를 정직하게 쳐다보기까지, 어느 순간 단박에 넘어설 기회를 잡기까지 콤플렉스는 '있는' 게 아니라 '앓는' 것이다. 내 손으로 집을 짓기 전에 나는 콤플렉스를 앓았다.

그러니 7년 동안 500평 남짓 되는 땅을 주말농장으로 일구면서 농막은커녕 평상 하나, 작은 탁자나 의자 하나, 하다못해 필요한 도구 하나 만들어 쓴 적이 없었다. 3평짜리 농막을 하나 사다 놨는데, 추위로 벌벌 떨면서도 스티로폼 한 장 벽에 붙여볼 생각을 못 했다. 손을 써서 뭔가 새로 만드는 게 너무 겁났다. 내가 손대면 뭔가 안 좋은 일이 벌어질 것 같았다. 어쩌면

남들 보기 창피한 일이 생길까 걱정했을 수도 있다.

이런 내가 농사지으며 산골에 살 생각을 했다니 알다가도 모를 일이다. 하긴 손을 써서 뭔가 새로 만들 자신이 없으니 단순 작업이라도 잘했는지 모르겠다. 밭고랑 만들고, 감자 심고, 고추 심고, 낫으로 풀 베고, 배추에서 벌레 잡고… 이런 간단한 요령으로 시간을 잡아먹는 일은 막걸리로 목을 축여가며 했다. 이런 경험이라도 있으니 산골에 살 생각을 했을 것이다. 내 손으로 집을 짓겠다고 나서기는 얼토당토않은 일이었다.

그런데 콤플렉스는 한 가지 특성이 있다. 시간을 두고 천천히 극복해가는 게 아니고 어느 순간 단박에 뛰어넘어야 한다. 그 '순간'이란 콤플렉스에 짓눌려 감히 상상도 못 하던 '얼토당토않은' 뭔가를 눈 한번 질끈 감고 해내는 순간을 말한다. 결국 내 손으로 집을 짓겠다고 작심했다. 얼토당토않은 작심이라도 했으니 콤플렉스를 이겨낼 대단한 기회를 잡은 것이지만, 작심하기까지 우여곡절이 더 필요했다.

바짓가랑이를 잡다

귀농인의집에서 머물 적에 50m 떨어진 아랫집에 P가 살았다. 일찍 부모와 형제를 잃고 열여덟 살 때 북에서 탈출한 P는 시골에 정착해 자급자족할 만큼 농사를 지었다. 내가 머물던 귀농인의집은 흙을 담은 양파 망으로 벽체를 쌓았다. 그 집을 지을 때 P가 일꾼으로 참여했다고 들었다. P는 작고 동그란 집 두 채를 지어 살고 있었다. 그 집 역시 흙을 담은 양파 망으로 벽체를 쌓았다.

나는 정착할 곳을 옮기기로 한 뒤, P의 손을 빌려 집을 짓자고 생각했다. 업자한테 맡겨서 짓자니 돈이 모자라고, 직접 지을 자신은 없었기 때문이다. P도 흔쾌히 동의했다. 얼마간 일당을 지급하는 조건이었고, 양파 망에 흙을 담아 벽체를 쌓기로 했다. P와 의기투합해 양파 망 흙집을 짓기로 했지만, 사전 지식은 있어야겠기에 이것저것 알아보다가 뜻밖의 벽에 부닥쳤다. 건축법에 따른 내진 설계 기준과 에너지 절약 설계 기준(단열 기준으로 알려져 있다)이 엄격해진 것이다.

내진 설계 기준을 충족하려면 네 모퉁이에 기둥을 세우고, 양파 망과 기둥을 결속해야 한다. 문제는 에너지 절약 설계 기준이다. 함양이 속한 중부 2지역이 갖춰야 할 단열재의 등급과 허용 두께가 있는데, 흙은 단열재로 보지 않는다. 그러니

흙은 담은 양파 망만 쌓아선 안 되고, '가' 등급에 해당하는 단열재(135mm)를 양파 망 벽체에 설치해야 한다. 그러면 흙을 담은 양파 망 300~400mm에 시판 단열재(140mm)를 더해 벽체가 무려 500mm 안팎이 된다. 엄청난 두께다. 작은 집을 짓는 데 너무 비효율적이다.

거기다 양파 망 흙집을 짓는 이유 중 하나가 자연 소재로 친환경 집을 짓는 건데, 단열재를 추가하면 친환경 집의 의미가 없어진다. 한때 양파 망을 포함한 '흙 부대 집'이 널리 퍼졌다. 자연 소재에 공법이 단순해서 공동으로 작업하면 비용을 획기적으로 절감할 수 있기 때문이다. 언제부턴가 거의 사라졌는데, 엄격해진 에너지 절약 설계 기준이 큰 역할을 했다.

P는 자기가 해보지 않은 일이라며 난처해했다. 나는 P를 붙잡고 그래도 해보자고 설득했다. 지금 생각하면 양파 망에 단열재를 덧대는 방식이 한복에 넥타이 매듯 우스꽝스럽지만, 그때 나는 절박했다. 양파 망을 쌓지 않으면 어떤 방법으로 하며, P가 아니면 또 누구한테 의지한단 말인가. P의 바짓가랑이라도 잡고 싶은 나는 생각이 자꾸 좋은 쪽으로 기울었다. '어쨌든 비용도 여전히 덜 들고, 반쪽일망정 자연 소재 흙집 아닌가!'

그러던 차에 마을 운영진과 집 짓는 문제로 얘기를 나눴다. 집 지을 땅이 '마을회' 소유라서 마을 운영진의 협조를 얻어야 할 일이 있었다. 나는 양파 망 흙집 지을 계획을 설명했다. 마을 운영진은 양파 망 흙집에 부정적이었고, 경량 목구조 주택을 추천했다. 경량 목구조는 미국에서 개발한 목조건축 공법으로, 일정한 규격으로 가공한 목재를 이용해 건물을 짓는다. 목재가 가볍다 해서 '경량 목구조'라는 용어를 쓴다. 이에 반해 한옥은 '중(량) 목구조' 건축물이다.

한번은 읍내 커피숍에서 마을 운영진 세 명이 나를 앞에 두고 왜 양파 망 흙집이 안 되는지 실로 열심히, 한 시간 넘게 번갈아 설명했다. 일리 있는 말이지만, 자그마치 한 시간이라니. 나는 처음에 잘 듣다가 점점 '이분들이 뭣 때문에 이러시나, 왜 이렇게 집요한가' 마음이 불편해지고, 무엇보다도 엉덩이와 허리가 아팠다. 결국 "알겠습니다. 경량 목구조로 짓죠, 뭐" 하고 말았다.

뜬금없이 경량 목구조라니. 변명하자면 마을 운영진이 '조광복 씨 당신 집은 우리 마을에서 같이 지을 수 있습니다. 우리가 지어주겠습니다'라고 여러 번 신호를 보낸 것으로 받아들였다. 원래 사람은 듣고 싶은 대로 듣는 법이다. 어딘가 기댈 곳을 찾아야 하는 내가 듣기에 그랬다. 나는 P의 바짓가랑이를 놓고 마을 운영진의 새 바짓가랑이를 잡기로 했다. 그러나 바짓가랑이를 잡는 관계는 오래가지 못했다. 오래갈 리가 없다.

내 손으로 지을 결심

내 주머니 사정으로는 양파 망 흙집이 아니라면 샌드위치 패널로 짓는 것이 합당했다. 자재 비용이 경량 목구조보다 싸기 때문이다. 그런데도 경량 목구조를 선택한 이유는 차가운 철재 느낌이 싫기도 하지만, 집을 지어줄 것으로 기대한 마을 운영진의 집이 경량 목구조였기 때문이다. 한 분은 전문 목수를 고용해서, 한 분은 업자에게 맡겼으나 현장에서 숙식하며, 또 한 분은 6평 크기 별채를 자신이 경량 목구조로 지었다고 했다.

이렇게 해서 나는 전혀 예상치 못한 경량 목구조 집을 짓기로 했다. 그런데 P의 손을 빌리든, 마을 운영진의 손을 빌리든 내 손으로 지을 자신이 없기는 매한가지였다. 사실 마을 운영진의 뜻이 힘을 모아 집을 지어보자는 것인지, 그때그때 필요한 도움을 주겠다는 것인지도 불분명했다. 바짓가랑이를 잡은 내가 공동으로 집을 짓겠다는 뜻으로 믿었을 뿐이다. 운영진의 본뜻이 어느 쪽에 있든 그 선의는 아름다웠으나, 평생 다르게 살아온 낯선 사람들이 만나 적잖은 시간 함께 집을 짓기는 나부터 경험이 없었다. 마을 운영진은 뭐든지 발 벗고 나서서 도와주려고 했다. 건축사 사무소도 같이 다닐 정도였다. 다만 도움을 주고받는 관계는 받는 사람의 마음이 편안해야 오래간다.

나는 갈수록 불편했다. '내가 주체가 되지 못한다' '끌려가고 있다'는 느낌이 들었는데, 바짓가랑이를 잡은 자의 자격지심이 한몫했으리라. 돈 들여서 집 짓는 사람도 나고, 그곳에 살 사람도 나다. 전적으로 마을 사람들한테 의존해서 집을 지었다고 치자. 살다 비가 새면 누구를 탓하겠는가. 내가 현명한 건축주였다면 내 손으로 집을 짓되, 마을 이웃의 도움을 적절히 받았을 것이다. 현명한 건축주가 될 준비가 안 된 것이 문제였다. 인허가 과정에서 우여곡절을 겪고 두어 달 후, 나는 바짓가랑이를 놨다. 자신이 있어서라기보다 이해타산에 전혀 도움이 안 되는 성질머리가 발끈 내지른 것이다. 내 손으로 집을 짓기로 했다. 그러나 마을 운영진은 그 후로도 변함없이 필요한 도움을 줬다.

재주 없고, 겁 많고, 소심하고, 불쌍한 내 손은 이제야 비로소 콤플렉스를 박차고 '나의 똥손 해방 일지'를 써 내려갈 기회를 잡았다. 비록 영웅의 탄생 스토리처럼 웅장하지는 않더라도, 실상은 도살장 앞에 선 소처럼 뒷걸음질을 반복하다 힘이 빠져 질질 끌려 들어간 것과 진배없을지라도 말이다.

3

집

지을

준비

욕망의 구성체인 집

정착할 땅을 찾고 내 손으로 집을 짓기로 마음먹기까지 제법 세월이 지났다. 이제는 아무 바짓가랑이도 잡지 않고 혼자 힘으로 집을 지어야 한다. 이렇게 생각하니 마음이 편안했다. 잠시 멈춰 심호흡이라도 하고 싶었다. 집을 짓기 전에 내가 무엇을 욕망하는지 찬찬히 들여다보고 싶었다. 고향 집에서 뛰논 어린 시절이며, 업자한테 맡겨서 큼직한 집을 지은 때, 그 집을 나와 떠돈 시절, 주말 농사를 지은 때를 떠올렸다. 산자락에서 자립 소농으로 살겠다고 마음먹은 때를 생각했다. 새로운 삶의 터전에서 어떻게 살고 싶은지, 내 마음은 어느 쪽 길로 가고 싶은지 생각했다.

나는 최소한의 생활비 말고는 돈을 벌기 위해 애쓰고 싶지 않다. 나는 작은 규모로 농사지으면서 필요한 먹거리를 자급하고 싶다. 농약과 비료와 비닐을 사용하지 않고, 거름도 내가 만들어 쓰겠다. 풀과 벌레를 적대시하지 않고 조화롭게 공생하는 자연농으로 농사짓겠다. 내가 살아가는 이 터전에서 다른 생명을 다치지 않게 하고 싶다. 내 삶터에서 평화롭게 살아가겠다. 나 자신을 고립하지 않고 이 사회와 관계 맺으면서 조금이라도 보탬이 되며 살아가겠다.

살고 싶은 모습을 그려보니 '집'이 좀 더 뚜렷이 다가왔다. 집은 그저 딱딱한 건축물이 아니다. 어떤 집을 짓든 내가 살고 싶은 모습, 내 욕망의 자국이 여기저기 묻게 마련이다. 돈만 보고 살아온 집주인이 값비싼 그림을 걸어서 가리려고 해도 물욕, 명예욕, 과시욕 따위가 집 안팎에 덕지덕지 흔적을 남기듯이 말이다. 멋진 집 지을 실력은 없어도, 비바람 들지 않고 발 뻗고 자는 것으로 충분하더라도, 내 바람을 담아서 집을 지어야겠다고 마음먹었다. 내가 내린 결론은 '삶터로서 집, 삶터 속의 집'이다.

아내를 생각했다. 업자한테 맡겨 지은 집에서 몇 년을 살다 나온 뒤, 아내와 헤어졌다. 그 후 세월이 지나 지금의 아내와 인연을 맺었다. 아내는 고맙게도 내가 원하는 삶을 인정했고, 여기 산자락에 집을 짓는 데 동의했다. 당분간 도시에서 왕래하지만, 그 후 이 집에서 함께 살아갈 것이다. 그렇긴 해도 아내는 도시에서 태어나 평생 도시를 벗어나지 않은 사람이다. 내가 원하는 삶을 한 번도 상상해본 적이 없다. 그런 아내에게는 내 욕망이 과격한 것일 수 있다. 작은 농사를 지으며 살자는 데는 쉽게 의견 일치를 봤지만, 어떤 집을 지을까 하는 문제는 조금씩 의견이 갈렸다. 말이 늘 곱게 오갔겠는가. 때로 말본새가 고약해지기도 했는데, 대부분 내 고집 때문이다. 통 큰 아내 덕분에 우리는 밀고 당기며 의견 차이를 좁혀갔다.

집을 설계하다, 생태 존중의 삶을 설계하다

'작은 집을 짓자'는 내 의견에 아내는 흔쾌히 동의했다. 작은 집을 선택한 몇 가지 이유가 있다. 단출하고 소박하게 살고 싶은 마음이 컸다. 무엇보다 건축자재 비용을 아껴야 했다. 집을 지은 뒤 유지·관리비도 염두에 둬야 했다. 에너지 제로 하우스나 패시브 하우스도 알아봤는데, 건축비가 꽤 들어가는 집이었다. 넉넉지 않은 사람이 자재 비용을 아끼고 에너지를 덜 쓰려면, 집을 작게 짓고 단열에 신경 써야 한다.

집을 지으려는 사람들이 의외로 작은 집 짓기를 주저한다. 가족이나 손님이 찾아오면 어떻게 하냐는 이유가 크다. 집은 사는 사람을 위한 공간이지 손님을 위한 공간이 아니다. 예전에 산골에 집을 지은 이가 있어 구경하러 갔다. 게스트 공간을 두느라 집을 2층으로 올렸는데, 그 공간은 가뭄에 콩 나듯 쓴다고 한다.

작은 집을 못 짓는 또 다른 이유는 살림살이 때문이다. 살림살이가 많으면 집을 크게 지을 수밖에 없다. 작은 집은 단출하고 소박하게 살겠다고 마음먹어야 가능하다. 나는 이렇게 마음먹은 지 오래됐으므로 작은 집을 선택하는 데 망설임이나 거리낌이 없었다.

이제 집의 평수를 정할 차례다. 이때 참고 대상이 있다. 이곳에 오기 전에 살던 귀농인의집이 11평이었는데, 사는 데 전혀 문제가 없었다. 이것저것 고려해 12평으로 결정했다가 설계 과정에서 11.3평으로 조정했다.

생태 환경을 거스르지 않고 집을 짓는 문제도 고민했다. 생태적으로 살려면 가까이에서 나오는 자연물이나 자연으로 되돌릴 수 있는 건축자재를 사용해 집을 짓는 것이 가장 바람직하다. 그러나 현행 건축법의 내진 설계 기준, 에너지 절약 설계 기준 문제가 있다. 기초만 해도 법이 정한 기준과 설계에 따라 콘크리트를 붓고 철근을 배열해야 한다. 세월이 흘러 콘크리트가 마모되면 육가크롬이라는 1급 발암물질과 여러 독성 물질을 쏟아낸다. 그 콘크리트기초 밑에 압출법 보온판(혹은 비드법 보온판)이라고 불리는 스티로폼 성질 단열재를 깔아야 하는데, 이물질(콘크리트)이 묻은 스티로폼은 재활용할 수 없다. 스티로폼은 500년 동안 썩지 않는다.

벽과 지붕에 설치해야 할 단열재도 화학 성분을 함유한 물질이다. 집을 해체하면 자연으로 돌아가지 못하고 매립이나 소각해야 할 건축 쓰레기가 되는 것이 많다. 볏짚 보드를 단열재로 이용한 사례도 있지만, 열전도율과 밀도를 측정한 시험 성적서를 발급받아야 할뿐더러, 그런 제품은 일반 단열재보다 훨씬 비싸다. 자연물로 집 짓기는 현행 법규의 제약과 내 경제 수준으로 불가능하다고 결론 내렸다.

골조는 경량 목구조로 짓되, 시중에서 판매하는 일반 수준 건축자재를 사용하기로 했다. 목조 주택이라 하면 자연 친화

적일 것 같으나 그렇지 않다. 골조만 나무로 짓는다는 뜻이고 나머지 자재는 거의 같다. 거기다 경량 목구조 주택은 OSB 합판이 별도로 들어간다. OSB 합판은 나뭇조각을 압착·접착한 판재이므로, 여기에도 화학 성분이 들어간다.

내가 지을 집은 자재의 질에서 자연 생태와 거리가 멀다는 점을 받아들여야 했다. 흙집이든, 벽돌집이든 허가를 받아서 짓는 집은 이 운명을 피할 수 없다. 나는 건축자재에 대한 고민을 접고, 이 집에서 어떻게 생태적으로 살까 하는 문제에 집중하기로 했다.

에너지를 가장 많이 소모한다는 측면에서 난방은 큰 고민거리지만, 간단히 정리했다. 의외로 쉬워서 놀랐을 정도다. 내가 내린 결론은 화목·기름보일러, 구들, 전기 필름 등 바닥 난방을 하지 않는 것이다. 바닥 난방을 향한 한국인의 믿음은 굳건하다. '등이 따뜻해야 잠을 잔 것 같다'는 말이 왜 나왔겠는가! 온돌 문화의 뿌리가 깊기 때문이다. 그런데 세계적으로 가정집에서 바닥 난방을 하는 지역은 많지 않다. 거꾸로 얘기하면 바닥 난방을 하지 않아도 충분히 잘 산다는 뜻이다.

전문가는 아니지만 내가 보기에 바닥 난방은 많은 에너지가 필요하다. 주방, 거실, 방 등 사람 몸이 자주 닿는 곳의 바닥을 데워야 한다. 데운 바닥이 식지 않도록 한 번씩 더 데워야 한다. 석유든 땔감이든 전기든 많은 연료가 필요하고, 오래되거나 문제가 생겼을 때 관리·보수하는 일도 번거로울 수 있다.

나는 방에 화목 난로를 두기로 했다. 집이 작아서 방 전체를 데우는 데 장작과 시간이 많이 들지 않을 테고, 단열을 잘하면 따뜻한 공기가 방에 오래 머무니 화목 난로로 충분하다고 생각했다. 작은 집은 에너지 절약 측면에서 대단히 효과적이다. 화목 난로 하나로 실내를 데우려면 방과 거실을 벽체로 분리해선 안 되고, 열기가 통하도록 틔우되 적당한 분리 방법을 찾아야 한다.

바닥에서 냉기가 올라오지 않도록 바닥 단열 대책도 세워야 한다. 집을 짓는 동안 지낸 산촌체험관은 바닥에 난방 필름을 시공했는데, 나는 전기세를 아끼려고 한동안 거실 난방을 끄고 살았다. 바닥 단열이 되지 않은 거실은 바닥에서 냉기가 올라와 서 있기조차 힘들었다. 바닥 냉기가 실내 공기까지 차갑게 해, 엄동설한 들녘을 거실로 들인 것 같았다. 이 경험으로 바닥 난방을 하지 않으면 바닥 단열이 아주 중요하다는 걸 알았다. 아울러 잘 때 쓸 전기장판과 보조 난방으로 임시 사용할 전기난로를 두기로 했다.

이런 생각을 얘기하자, 뜻밖에 아내가 흔쾌히 동의했다. 뒤늦게 고백하면 아내한테 하지 않은 얘기가 있다. '집 안의 평균기온을 조금 낮추자', 즉 도시 생활보다 조금 춥게 살자는 것이다. 이는 말로 해결할 문제가 아니고 살면서 체득할 수밖에 없다. 좀 더 생태적으로 살기 위해서는 연료를 절약할 기술적인 요소도 중요하지만, 생태 환경에 나를 맞춰가는 것도 중요하다고 생각했다.

나는 생활하수를 밭에 뿌리고 싶었다. 이는 시골의 오수나

하수처리 시스템과 관계가 있다. 시골로 갈수록 공공 하수도는 먼 나라 얘기가 된다. 공공 하수도가 없는 시골은 동네 개울을 하수도로 쓴다. 수세식 변기에 볼일을 보면 정화조에서 똥 덩어리는 가라앉고 똥오줌이 섞인 물은 개울로 흘러간다. 싱크대와 세면장에서 나오는 하수는 정화조를 거치지 않고 개울로 흘러간다. 즉 가정집이 흘려보내는 똥오줌 섞인 물, 비누와 세제, 샴푸, 때로는 독성이 강한 염소계 표백제, 머리카락도 녹이는 배수구 세정제까지 전부 개울물로 합류한다. 시골 냇물이 탁하고 부유 물질이 있는 것도 그 때문이다.

'냇물아 흘러 흘러 어디로 가니…' 굳이 노래 불러 물어볼 필요도 없다. 하수 섞인 냇물은 흘러 흘러 하수처리장으로 가고, 거기서 정화 과정을 거친다. 걸러낸 찌꺼기는 어디로 가는가, 정화 과정을 거쳤다 해서 그 물이 온전하다 할 수 있는가는 알기 어렵고 알 필요도 없다. 사는 곳 밖으로 내보냈기 때문이다. 내가 보기에 안에서 순환하지 않고 밖으로 폐기하는 방식은 아주 괴상한 시스템이었다.

나는 산골까지 와서 밖으로 내다 버리는 시스템 속에 살고 싶지 않았다. 하수를 밭에 뿌리고 싶었다. 그런데 이게 기술적으로나 법적으로 쉽지 않았다. 일단 집 안에서 나온 하수를 집 밖에서 어떻게 모을까 하는 문제가 걸렸다. 콘크리트기초에 묻은 배수관 아래 땅속에 통을 묻어서 받을까? 가능하겠지만 그걸 밭에다 뿌리려면 바가지로 일일이 퍼내거나 양수기를 사용해야 한다. 비효율적이다. 자연정화 기능을 살린 연못을 만든다? 이런 농장이 있긴 하다. 그러려면 땅이 넓어야 하고, 자연 정화 된 물을 농장이 보유한 논으로 흘러들게 하는 것이 좋다. 우리 땅에는 맞지 않는다. 좁은 땅에 연못을 조성했다가는 자칫 모기 서식지가 될 것이다. 게다가 집을 신축하려면 법적으로 집부터 개울까지 하수관을 연결해야 한다. 하수관을 연결하고 별도로 하수를 모으기는 우습다. 아내도 하수를 따로 모으는 방안에는 반대했다.

　미련이 남은 나는 타협점을 찾았다. 건축 허가 기준을 충족하기 위해 하수관 공사는 정상적으로 하되, 싱크대 밑의 하수관은 막고 싱크대 물을 통으로 받아 밭에 뿌리기로 했다. 이 물은 음식물에서 나온 것이므로 거름 역할도 한다. 세면대에서 빨래한 물이나 몸 씻은 물은 하수관을 통해 흘려보내기로 했다. 고맙게 아내는 "불편해서 어찌 살까" 걱정하면서도 동의했다. 나는 "밭에 뿌리는 건 내가 책임질 테니 걱정 말라"고 다소 과장된 몸짓까지 써가며 장담했다. 아내도 화학 성분이 들어간 비누나 샴푸는 쓰지 않겠다고 했다. 이렇게 일부 생활하수는 오염을 최소화해 내보내고, 일부는 내부에서 자연 순환하기로 타협을 봤다.

　문제는 똥오줌이었다. 똥오줌을 모으겠다는 뜻은 진작부터 밝혔지만, 아내는 "당신 똥을 모으든 말든 무조건 수세식 변기는 만들어라" "수세식 변기 안 만들면 난 여기 안 오겠다"며 강경하게 맞섰다. 우리는 여기서 꽉 막혔다. 시간이 필요했다.

똥 그리고 생태 변기

나는 언어학자가 아니지만, 똥과 땅은 말의 뿌리가 같을 거라고 상상한다. 땅은 똥을 받아 식물을 키우고 땅에 사는 생명을 먹여 살린다. 뭇 생명은 그에 답해 자기 똥오줌과 몸을 땅에 돌려보낸다. 서로 먹고 먹여 살리는 위대한 자연 순환의 서사는 결코 멀리 있지 않다. 비닐을 씌우지 않고 농약을 치지 않은 밭에 나가 몸을 낮춰 일하면 볼 수 있다. 얼마나 많은 생명이 우글거리며 제 할 일을 하는지. 밭일에 익숙해지면 지렁이 똥도 금방 알아본다.

수세식 변기가 생기고 나서 자연 순환의 서사는 깨졌다. 우리 부모 세대만 해도 똥과 오줌을 삭혀서 밭에 뿌리는 일이 당연했다. 수세식 변기 시스템은 똥을 처리하기 위해 복잡한 과정을 거쳐야 한다. 가정용 변기는 물을 회당 10ℓ쯤 사용한다.[1] 그 물을 가정으로 끌어들이고 똥오줌 섞인 오수를 처리하기 위해 많은 에너지를 쏟아붓는다. 미국의 시인이자 농부 웬델 베리Wendell Berry가 유명한 말을 했다.

---

1 법은 양변기의 물 사용량을 회당 6ℓ 이하로 제한하지만 유명무실하다. 한국 YMCA가 2022년 1월 18일 발표한 바에 따르면, 2021년 11월 20일부터 2022년 1월 11일까지 수도권 10개 아파트를 대상으로 양변기 물 사용량을 조사한 결과 회당 평균 9.1ℓ, 일부 아파트는 12.07ℓ로 기준치의 2배에 달했다.

내가 주전자에 담긴 물에 오줌을 누고 목마를 때 마시면 사람들은 돌았다고 하겠지. 마실 물에 오줌과 똥을 섞어 넣는 비싼 기술을 개발하고, 그 물을 다시 마실 수 있는 물로 정화하는 더 비싼 기술을 발명한다면 미쳤다고 할 것이다. 정신과 의사는 틀림없이 왜 애당초 마실 수 있는 물을 엉망으로 만들고 야단인가 하고 물을 것이다.

수세식 변기야말로 우리가 자기 몸에서 나온 똥과 오줌을 극성맞게 혐오하도록 만든 주인공이다. 자연 순환의 서사에서 이탈한 우리는 권정생 선생의 아름다운 동화 《강아지똥》이 자기 몸을 삭혀 민들레 꽃을 피우는 장면을 읽으며 감동하지만, 정작 자기 똥도 강아지 똥 못지않게 민들레 꽃을 피울 수 있다는 사실을 애써 외면하고 기피한다. 시골 농가에서조차 똥오줌으로 만든 거름은 찾아볼 수 없다. 그 많은 똥은 수세식 변기가 먹어 치웠다.

나는 오래전부터 내 자그마한 밭에 내 똥과 오줌을 돌려주겠다고 마음먹었다. 도시에서 주말 농사를 지을 때부터 그리했으니 어려운 일도 아니다. 그런데 아내가 수세식 변기를 강력하게 주장하니 난관에 부닥쳤다. 사실 이 문제는 내 책임이 크다. 나는 줄곧 플라스틱 양동이에 엉덩이를 대고 똥을 눈 다음 톱밥을 덮었다. 손재주 없는 콤플렉스 때문에 수세식 변기 못지않게 잘생긴 생태 변기를 만들 생각은 엄두도 못 냈기 때문이다. 그러니 아내는 생태 변기라면 플라스틱 양동이에 엉덩이를 대는, 엽기적이고 메스꺼운 장면을 떠올릴 만하다.

나는 수세식 변기를 놓을 생각이 털끝만큼도 없었으니 우격다짐할 게 아니라 정성을 들이기로 했다. 인터넷 쇼핑몰에서 수세식 변기를 꼭 닮은 캠핑용 변기를 찾았다. 사진이 그럴싸해서 4만 5000원에 주문, 내가 머무는 산촌체험관 화장실에 이를테면 생태 변기의 견본으로 놨다. 실물로 보니 얇은 플라스틱 소재라 힘도 없고 부실하기 짝이 없었다. 정색하고 꽤 비싼 돈 주고 샀는데 어떠냐 물으니, 여기저기 살펴보고 만져보고 나서 "어디서 싸구려를 갖다 놨구먼" 한다. 그래도 내 정성이 갸륵해 보였는지 한마디 덧붙였다. "이런 거 말고 나중에 생태 변기 제대로 만들어요. 그러면 내가 써볼 테니까."

4만 5000원짜리 플라스틱 변기는 몇 번 써보지도 못했지만, 덕분에 수세식 변기를 피할 수 있게 됐다. 우리는 밖에 화장실을 만들지 않기로 했다. 얼마 안 되는 땅을 차지하고, 아내가 밤중에 나가서 볼일 보기를 꺼렸기 때문이다. 그래서 실내에 생태 변기를 설치하되, 화장실을 세면 공간과 볼일 보는 공간으로 나누고 물이 튀지 않도록 사이에 샤워 커튼을 달기로 했다. 세면 공간 바닥은 습식, 볼일 보는 공간 바닥은 건식[2]으로 시공하기로 했다.

의견 일치는 봤는데, 생각지 못한 장애물이 남아 있었다. 하수도법에 따르면 분류식 하수관로, 즉 오수관이 설치되지 않

---

2 건축 공법 중 습식은 콘크리트나 시멘트와 같이 물을 사용하는 공법을, 건식은 물을 사용하지 않는 공법을 말한다.

은 지역에 집을 지으려면 정화조를 의무적으로 설치해야 한다. 시골은 대부분 오수관이 설치되지 않았으므로 정화조 설치 의무가 적용된다. 법에 예외가 있는지 찾아봤으나 헛일이었다. 나처럼 생태 문제에 관심이 있는 변호사에게 의견을 구해도 예외가 없는 것 같다는 답변을 받았다. 어디서도 예외 규정을 찾지 못했고, 인터넷에서 비슷한 사례조차 볼 수 없었다. 법 취지야 이해하지만, 수세식 변기가 없는 집에 정화조라니! 끔찍했다. 비싼 돈 들여 정화조를 사다가 제법 넓은 땅에 묻고 방치해야 한다.

심지어 이런 생각도 해봤다. '정화조 내부 칸막이를 어떻게든 절단해서 사다리 놓고 오르락내리락하며 저장고로 써?' 이내 고개를 저었다. 플라스틱 소재인 정화조는 물을 채우지 않으면 토압에 찌그러진다. 정화조를 놓을 수밖에 없다면 정말 속상하겠구나 싶었다. 내 똥과 오줌을 모아서 거름으로 쓰겠다는데, 우리 환경에 더 유익한 일인데 그것 하나 허용하는 규정이 없단 말인가. 화가 나기도 했다. 건축사 사무소를 통하지 않고 법조문부터 들여다본 이유는 공무원들이 가끔 행정 집행을 잘못하는 경우가 있기 때문이다.

스스로 답을 찾지 못하고 건축사 사무소에 사정을 설명했다. "글쎄요, 이런 경우는 안 겪어봐서요. 근데 가능하지 않을까요?" 생각보다 긍정적이라 다행이었다. 담당 공무원에게 의견을 구한 뒤 연락을 주겠다고 해서 집으로 돌아왔다.

며칠 뒤 건축사 사무소에서 전화가 왔다. 담당 공무원이 전에 같은 사례를 허용한 일이 있다면서 내 경우에도 허용하겠다고 했단다. 기분이 좋았다. 아! 멀지 않은 곳에 나처럼 똥오줌을 모아 거름으로 만들겠다는 사람이 있었구나. 정화조 없이 집을 지은 사람이 있었구나!

삶터, 그 속의 집

이렇게 해서 내가 살고 싶은 모습을 담은 집, 삶터 속의 집을 구체적으로 정리해봤다.

- 작은 집을 짓는다. 건물은 11.3평으로 한다.
- 골조는 경량 목구조, 나머지 자재는 평균 수준으로 한다.
- 집을 최대한 단순하게 짓고 멋 부리지 않는다. 외등을 설치하지 않는다.
- 집 앞에는 적당한 크기로 데크와 마당을 둔다.
- 내부에는 수납공간을 확보한다.
- 바닥 난방 대신 바닥 단열을 하고, 실내에 화목 난로를 설치한다.
- 내부는 방, 거실, 주방, 화장실로 구성한다.
- 방과 거실은 벽체 대신 적당한 시설물로 분리한다.
- 화장실은 세면 공간과 볼일 보는 공간으로 나눈다. 세면 공간은 습식, 볼일 보는 공간은 건식으로 시공한다.
- 수세식 변기와 정화조를 두지 않고 생태 변기를 설치한다. 똥과 오줌은 삭혀서 밭에 거름으로 쓴다.
- 주방 싱크대 아래 통을 두고 설거지물을 받아 밭으로 보낸다.

- 텃밭을 최대한 넓게 조성해 자연농으로 작물을 가꾼다.
- 부족한 땅은 마을에서 제공하는 공동 텃밭과 마을 숲을 활용해 '자립 소농'의 기반을 다진다.

땅을 공동소유 하여 숲을 보존하다

이 마을과 처음 대면하던 날! 나는 해발 500m 산 중턱에 열다섯 가구가 자리 잡은 작은 마을로 들어갔다. 집이 숲속에 있는 듯 없는 듯 들어앉았다. 가까이 가지 않으면 나무숲에 가려 집이 잘 보이지 않았다. 지리산에서 시작한 백두대간은 이 마을을 뒤로 감싸면서 지나가다 몸을 둥그렇게 말아 저 멀리 하늘 아래 긴 능선을 드리웠다. 능선은 잠시 멈췄다가 다시 몸을 틀어 모습을 감췄는데, 어디로 갔나 끄트머리를 가늠하는 동안 백운산을 지나 덕유산으로 향하고 있을 것이었다.

마을이 숲속에 있어서 좋았다. 깃들었다고 할까. 여느 마을과 달리 숲을 잘 보존했기에 그리 느꼈을 것이다. 숲을 잘 보존한 건 4만 평에 이르는 땅을 개인이 아니라 마을이 소유했기 때문이다. 그중 일부만 개인에게 집을 지어 사용하도록 분양하고, 나머지는 대부분 숲으로 보존하고 있다.

마을이 소유한다는 말은 '개인이 마을회 구성원으로 참여, 마을회를 통해 공동소유' 한다는 뜻이다. 그러니까 이 마을은 나한테 집 짓고 살 땅의 소유권이 아니라 그 땅을 점유해서 사용할 권리를 분양한 것이다. 공동소유라는 방식으로 개발을 제한하고 숲을 보존한 것, 내 마음을 사로잡은 이 마을의 가장 큰 매력이다. 땅이 북향이라 겨울 볕이 귀하겠다 싶어 아쉬웠지만, 토지를 매매하는 게 아니므로 분양가가 주변 시세보다 비교적 저렴한 점도 끌렸다.

지금 세상은 밤을 편하게 두지 않는다. 마을이 있는 곳이라면 산 중턱까지 가로등이 올라와 불야성을 이룬다. 산골에 이웃한 마을이 다 그렇다. 이웃 마을 곳곳에 설치한 가로등이 밤새 깊은 산속을 밝힌다. 밤에 마을로 들어올 때면 무섭고 심란했다. 무섭다는 말이 이해가 안 갈 수도 있겠다. 그런데 정말 무서웠다. 괴기스러웠기 때문이다. 해발 500m 넘는 산골에 눈이 부시도록 가로등을 밤새 켜놓을 건 뭔가! 이러자고 산골에 들어와 집을 지어댔는가? 다행히 내가 입주한 마을은 가로등을 켜지 않는다. 마을 회의에서 그렇게 결정했기 때문이다. 덕분에 밤하늘엔 별이 총총하다. 8~9월엔 반딧불이가 어깨에 내려앉을 듯 다가온다. 무엇보다 밤이 밤답게 고요하다. 마을 회의의 의사 결정을 존중하는 것도 공동소유 방식의 장점이다.

이 마을이 집 지을 땅을 분양하는 것은 함께 살 구성원을 들이는 일이지, 개발 이익을 얻으려는 게 아니다. 그러므로 마을은 빈 땅에 두 가구만 더 들이고, 그 이상을 집터로 개간할 의사가 없다. 숲을 보존하려는 취지다. 마을엔 집에 딸린 개인 텃밭 말고도 공동으로 운영하는 텃밭이 있다. 공동 텃밭을 마을 구성원이 배정받아 경작하는데, 2년에 한 번씩 경작하는 땅을 바꾼다. 개인이 자기 땅처럼 점유하는 것을 막기 위해서다. 마을에서 해마다 나무를 심는다. 매실나무 밭은 제법 오래돼, 매실을 수확해서 나눈다. 나도 그 덕을 본다.

이 마을도 사람 사는 곳이니 어려운 점이 없을 순 없다. 나 역시 집 지을 준비를 하면서 마을 운영진과 갈등을 겪었다. 그러나 마을이 들어선 때부터 땅을 공동소유 하는 방식을 유지하며 개발을 제한하고 마을 숲을 보존해온 경우는 드문 사례다. 그 하나만으로도 이 마을의 가치가 충분하다. 나는 내가 살려는 방식과 이 마을의 존립 방식이 크게 다르지 않다는 사실에 매력을 느꼈다. 그 매력에 이끌려 마을로 들어왔다. 배수구가 막힌, 수세식 변기도 없는 이상한 집을 짓는다고 손가락질하지 않을 것 아닌가.

수박 겉핥기라도

마을 산촌체험관에 입주하고 나서 한동안 심심했다. 한겨울이었다. 눈이 하루걸러 내리다시피 했다. 마을 사람들도 이렇게 눈이 많이 오는 해는 오랜만이라 했다. 천지가 하얘서 눈에 보이는 게 단순하니 더 심심했나 보다. 고작 한다는 짓이 마을에서 담가둔 매실주를 티 안 나게 홀짝홀짝 마시는 일이었다. 그득하던 매실주가 바닥을 드러내기 시작했다. 그제야 망신살 뻗치겠다고 한걱정하다가, "임자는 따로 있는 법이여"라며 술기운에 호기를 부리다가, 괜히 민망해서 '이참에 술을 끊자' 작심까지 했다.

술을 끊자는 작심은 '혼자 있을 때는 마시지 말자'로 물러섰다가, '산행 중에 마시는 술은 예외로 하자'고 한 번 더 타협을 봤다. 손뼉도 마주쳐야 소리가 난다고 사람은 원래 상대와 타협하며 살지만, 자신과 하는 타협은 종종 문제가 된다. 나도 모르게 닷새, 사흘, 이틀… 산에 가는 날이 점점 잦아지더니 마침내 임도도 산길이라고 거기서부터 퍼질러 앉아 홀짝거리는 것이다. 홀짝거리면서 한심해지는 나를 알아차리기도 했으나, 그 순간에도 눈 쌓인 풍경에 버무려 마시는 술맛은 참좋았다. 그러다 막걸리를 담그기 시작했다. 작심은 말 그대로 '작심'으로 끝났다. 산에 가는 일도 뜸해졌다. 그래도 얻은 것이 있었으니, 눈 덮인 겨울 산과 그 속에서 홀로 걷는 고요함을 진심 사랑하게 됐다.

무료함이 이어진 것은 집 짓기 전 단계인 인허가 절차가 암초를 만나 지지부진해졌기 때문이다. 귀중한 시간을 허투루 보내선 안 되겠다 싶어 뭐라도 공부해보자 생각했다. 처음 시작한 게 책 읽기다. 때맞춰 마을 사람들이 목조건축 관련 책을 두 권 빌려줬는데, 도통 머리에 들어오지 않았다. 일단 용어를 이해할 수 없고, 머릿속에서 일목요연하게 정리되지 않았다. 인터넷 검색을 하고 유튜브 동영상도 봤지만, 그때뿐이었다. 이유는 분명했다. 내 지식이 목조건축을 이해할 수준이 되지 않고, 연장을 들고 일하면서 앞뒤 맥락을 배워야 하는데 그런 상황이 아니기 때문이다.

겨울철에도 경량 목구조 공법을 가르치는 과정이 있다기에 참가했다. 4주 동안 주 2회, 총 8회 교육하는 과정이었다. 현장 실습이 아니라, 축소한 골조 모형을 제작하면서 경량 목구조의 골조구조를 이해하는 내용이었다. 4주 동안 매시간 강의를 듣고 팀별로 모형을 제작하는데, 내가 속한 팀이 제일 더뎠다. 늘 그렇듯이 나는 이해를 못 해 우왕좌왕하면서 시간을 까먹고, 팀원들은 그런 나를 진득하게 기다려줬다. 내 손으로 집을 다 지었다는 소식을 들으면 그들이 놀라 자빠질지 모른다. 아니면 집이 곧 자빠질 거라 생각할 수도 있겠다.

현장 실습이 아닌 점이 아쉬웠지만, 아무것도 모르던 목조건축의 세계를 수박 겉핥기나마 만나고, 골조구조를 어설프게

라도 이해할 수 있었다. 수강생 가운데 당장 집 지을 계획이 있는 사람은 나뿐이었다. 발등에 불이 떨어진 나는 궁금한 것이 많아 질문도 자주 했다. 강사의 답변 하나가 어찌나 힘이 되던지! "걱정 마세요. 집은요, 일단 세워놓으면 절대 안 무너져요." 공구를 직접 다루진 않았지만, 교육장에 진열된 못총[3]을 비롯해 여러 공구를 보며 그 쓰임새를 들었다. 공구는 어디에서 구입하는 게 좋은지 질문했는데, 인터넷 쇼핑몰이 제일 저렴하다고 했다.

《목조 주택 시공 실무》라는 책은 특별했다. 처음엔 이해하기 어려웠으나, 골조 작업을 하면서 큰 도움을 받았다. 교육과정에서 채택한 교재인데, 강사가 말했다. "책이 처음엔 어렵지만, 목조 주택의 골조를 모르는 사람은 이 책이 없으면 집을 지을 수 없어요." 실제 도움을 받고 보니 일리 있는 말이었다. 나는 기초 시작부터 골조 완성까지 경량 목구조 골조와 관련된 가장 중요한 문제를 이 책을 보면서 해결했다. 이를테면 공정별로 필요한 공구와 자재, 레이아웃 방법, 재단해야 할 목재의 치수를 계산하는 법, 토대와 벽체, 지붕 제작과 설치 방법 등이다.

---

3   공기압이나 전기의 힘으로 방아쇠를 당겨 못을 박는 공구.

공구 구입도 공부

집은 공구가 짓는다는 얘기를 여러 번 들었다. 교육 때 강사가 농담했다. "망치질을 잘 못하는 목수도 있어요. 총으로 다 하니까요." 교육과정을 끝내고 공구를 장만하기 시작했다. 마을 사람들이 에어컴프레서[4]나 스킬 쏘skil saw[5]를 빌려주겠다고 했지만, 생각해보니 에어 공구나 전동공구는 쉽게 빌려 쓰는 게 아니었다. 험한 건축 현장에서 만에 하나 사고가 나도 문제고, 일하다가 이리저리 부딪히면 빌려준 이의 마음 또한 편치 않을 수 있다. 집 짓고 나서 창고도 짓고, 수납공간이나 필요한 살림살이도 만들어야 한다. 시골 살며 손 갈 일이 많을 테니, 떡 본 김에 제사 지낸다고 '까짓것! 이참에 시골 목수 좀 돼보자'며 공구를 장만하기로 했다.

강사의 조언에 따라 어지간한 공구는 인터넷 쇼핑몰에서 구입하되, 그때그때 필요한 소소한 것은 동네 철물점을 이용하기로 했다. 공구를 준비하는 과정이 생각 밖으로 공부가 됐다. 비싼 공구를 충동구매 해선 안 되고, 작업에 필요한 공구인지, 가격 대비 성능은 어떤지, 사용법 등을 꼼꼼히 따져야

---

4   공기압축기. 에어 공구를 컴프레서에 연결해 사용한다.
5   휴대용 원형 톱.

각종 공구

하기 때문이다.

비용이 많이 드는 공구 중 에어 공구가 있다. 경량 목구조 건축은 공기압의 힘으로 가동하는 에어 공구를 여럿 사용한다. 에어컴프레서는 에어 공구를 움직이는 발전소다. 공기를 압축해서 에어 공구에 공급하는 장치이기 때문이다. 당연히 필수 구입 품목이다. 나는 가장 기본이 되는 동력인 2.5hp(마력)를 선택했다.

에어 공구 가운데 당장 필요한 것이 못총이다. 작은 집이라도 한 채 지으려면 못을 엄청 많이 박아야 한다. 아마도 1만 개 안팎은 될 것이다. 나는 그 많은 못을 일일이 망치로 때려서 박는 줄 알았다. 한동안 망치 생각만 해도 손목이 시큰거리는 것 같았다. 방아쇠를 당기면 못을 발사하는 못총이 있다는 걸 책을 보고 알았고, 교육 때 실물을 처음 봤다. 못총도 저마다 장착할 수 있는 못의 규격 범위가 있다. 경량 목구조에서는 보통 65mm, 75mm, 90mm 못을 사용한다.[6] 그래서 65~90mm 못을 장착할 수 있는 것으로 구입해야 했다. 그밖에 필요한 에어 공구는 석고보드를 고정하는 핀이 'ㄷ 자형'인 태커[7]와 지붕 아스팔트 싱글 작업 전용 못총 등이다.

6　65mm 못은 주로 OSB 합판을 부착할 때, 90mm 못은 하중을 많이 받는 곳(밑깔도리와 토대의 결합, 천장 장선과 벽체의 결합 등)에 사용한다. 그 외 일반적으로 많이 사용하는 못이 75mm다.

7　못, 스테이플러 심과 유사한 고정용 핀을 박는 도구. 용도에 따라 여러 종류가 있다.

마이터 쏘

전동공구도 여러 종류가 필요했다. 역시 비용이 많이 들어간다. 가장 널리 사용하는 전동공구는 끝에 '쏘saw'가 붙은 전동 톱 종류다. saw가 우리말로 톱이다. 원형 톱은 테이블 안에 장착해서 사용하는 테이블 쏘table saw, 작업대에 올려놓고 사용하며 각도를 조절할 수 있는 마이터 쏘miter saw, 손으로 들고 쓰는 스킬 쏘가 있다. 이 가운데 마이터 쏘와 스킬 쏘가 필요하다. 특히 마이터 쏘는 10만 원대부터 100만 원 가까운 것도 있어 선택하기 어려웠다. 마침 실내 목공을 하는 이가 전문가가 아니면 저렴한 것도 쓸 만하다고 했다(실제 저렴한 것을 써보니 별문제가 없었다). 본인이 갖고 있던 직 쏘jig saw를 선물했는데, 가늘고 긴 톱날이 위아래로 반복 운동하면서 목재를 절단하는 공구다. 집 지을 때도 요긴했지만, 여러 세간살이를 만들 때 많이 쓰는 공구 중 하나다.

전동 드릴과 임팩트 드라이버,[8] 그라인더도 구입했다. 전동 드릴과 임팩트 드라이버는 전압이 문제였다. 역시 조언을 구했다. 공사 현장은 실내 목공보다 힘이 필요할 테니 18V 정도는 있어야 하지 않겠냐, 임팩트 드라이버는 꼭 필요하니 구입하라는 의견이었다. 입문하는 시기에 공구를 구입할 때, 그 방면을 잘 아는 사람이 있으면 큰 도움이 된다.

에어 공구와 전동공구를 빼도 필요한 공구는 한둘이 아니었

---

[8] 회전 방향으로 타격해서 나사와 볼트를 수월하게 조이거나 푸는 기구.

다. 스피드 스퀘어라고 부르는 작은 삼각자, 큰 직각자, 릴 타입 줄자, 철제 줄자, 수평자, 초크 볼, 줄 띄우기용 실, 고무망치, 클램프 등 끝이 없었다. 하긴 집을 한 채 짓는 건데 얼마나 많은 노하우와 그 노하우를 집약한 공구가 동원되겠는가.

5m 철제 줄자는 두 번 샀다. 처음엔 철물점에서 보통 줄자를 구입했다. 경량 목구조 건축은 미국에서 시작된 공법이라, 길이 측정 단위가 in(인치)와 ft(피트)고, 자재 사이즈도 in, ft로 구성된다. 우리는 mm 단위에 익숙해 현장에서는 in를 기본으로 쓰되, 필요에 따라 mm를 혼용한다. 그래서 경량 목구조 건축에 사용하는 철제 줄자는 반드시 in와 mm가 함께 표시된 것을 사야 한다. 물론 철물점에서는 찾기 어렵고 값도 훨씬 비싸다.

뜻밖의 난관

집터를 분양받았지만, 여전히 땅은 마을 소유다. 지목은 임야다. 마을회 소유 임야에 개인 소유 집을 지으려면 마을회가 거기에 동의한다고 결의해, 행정관청에 산지 전용 허가 신청을 접수해야 한다. 이 절차와 더불어 건축 신고 절차도 진행하는 것이다. 지금까지 마을에 입주한 열다섯 가구가 이 절차를 거쳐 집을 지었다고 들었다. 그러니 신경 쓸 게 전혀 없었다. 마을 회의에서 그간 해오던 대로 진행할 것이기 때문이다.

그런데 일이 시작부터 꼬였다. 담당 공무원이 허가를 못 해주겠다고 나섰다. 집을 지으려는 땅이 개인 소유가 아니라 마을회를 소유주로 하는 공동소유 형태인데, 산지 전용이 허가되는 '공유' 형태가 아니어서 마을 구성원 전원이 동의하더라도 내 명의로 집을 짓기 위한 산지 전용 허가 대상이 될 수 없다는 것이다. '공유'가 아니라서 안 된다고? 지금까지 열다섯채는 어떻게 지었지? 느닷없이 불거진 이 일 때문에 모든 인허가 절차가 멈췄다. 봄에 집을 지으려던 계획도 멈췄다.

마을 운영진과 함께 군청에 가서 얘기를 나눴지만 잘 통하지 않았다. 열다섯 가구를 허가한 이유는 뭐냐는 질문에 '앞의 담당자들이 처리한 부분은 알 수 없다'는 입장이었다. 그러면서 '땅이 마을회 소유니까 마을회 이름으로 집을 짓는 건 괜찮다.

그러니 마을회 명의로 집을 짓고 양도 양수를 해서 명의를 변경하는 것은 허용하겠다'고 했다. 취득세 한 번만 내면 될 일을 취득세와 양도세가 이중으로 들어가는 것 아닌가. 도대체 법에 뭐라고 돼 있기에 이러나 싶어 법을 찾아봤다. '산지 관리법 시행령 별표'에 산지 전용 허가 기준과 관련해서 다음과 같은 내용이 있었다.

'건축법 시행령' 별표 1 제1호에 따른 단독주택을 축조할 목적으로 산지를 전용하는 경우에는 자기 소유의 산지일 것(공동소유인 경우에는 다른 공유자 전원의 동의가 있는 등 해당 산지의 처분에 필요한 요건과 동일한 요건을 갖출 것).

도시에 살 때 일 때문에 20년을 법조문만 들여다보니 나중엔 쳐다보기도 싫었다. 시골로 오면서 이제 법조문을 들여다보며 골치 썩을 일은 없겠구나 싶었는데, 산골에 살아도 법이 일거수일투족을 그림자처럼 따라다녔다.

공동소유에는 어떤 유형이 있는지 찾아봤다. 민법을 봐야 한다. 공동소유에는 '공유, 합유, 총유'[9]가 있다. 집 지을 땅은 내가 소속된 마을회라는 단체가 소유하므로 총유에 해당한다.

---

9 민법 제3장 소유권에 제3절 공동소유 부분이 있다. '공유'는 수인이 지분에 의하여 물건을 소유, '합유'는 수인이 조합체로서 물건을 소유, '총유'는 법인 아닌 사단의 사원이 집합체로서 물건을 소유하는 형태다.

그러므로 산지 관리법 시행령 별표의 앞뒤 문구를 보면 공유에 한해서 허가하겠다는 게 아니고, 공동소유인 경우 요건을 갖추면 허가하겠다는 취지다. 공유는 예시에 불과하다. 이 내용엔 어려운 것이 없었다. 전문가가 아니라 고등학생 수준의 어휘력만 있어도 쉽게 알아들을 수 있다. 공무원이나 토목 설계 사무소 할 것 없이 관련 업무를 한다는 사람들이 이런 것도 제대로 정리하지 못하다니, 생각할수록 심기가 불편했다.

하지만 시골에 살아보니 도시에서 뻣뻣하던 마음도 순해지고, 사람이 점점 밋밋해지는 걸 실감한다. 이 좁은 동네에서 공무원하고 다툼을 반복하기도 귀찮았다. 마을 운영진 역시 마음이 꽤 불편했을 것이다. 몇 달 허송세월한 끝에 마을회 이름으로 집을 짓기로 했다. 마을회 이름으로 건축 신고하고, 마을회 이름으로 임시 전기 가설하고, 마을회 이름으로 산재보험 신고하고, 내 돈 들여 세금 내면서 내 집을 내 집이라고 부르지 못하는 처지가 마땅찮긴 했다.

군이 귀농·귀촌인 정착을 돕기 위해 주택 신축 설계비 200만 원을 지원한다고 공고했기에 혹시나 하고 신청했다가 덜컥 당첨됐다. 그러나 내 이름으로 집을 못 짓게 생겼으니 포기할 수밖에 없었다. 같은 군에서 이쪽 부서 공무원은 병 주고, 저쪽 부서 공무원은 약을 줬다. 복용은 못 했지만 약 주겠다는 마음은 고마웠다.

마을회 명의로 집 지을 준비를 하면서 혹시 나중에라도 바로잡을 기회가 있을지 몰라, 공동소유 가운데 합유나 총유도

허가 기준을 충족하면 소속 구성원 개인 명의로 집을 지을 수 있는지 주무 기관인 산림청에 질의했다. 한참 뒤 가능하다는 회신이 왔다. 상식적인 결론 하나 내기 위해 애먹은 생각을 하니 어이가 없지만, 답을 찾아 개운했다.

건축사 사무소와 상의하니 준공 때 관계자 변경을 신청하는 방법이 있다면서, 회신을 잘 받아 가능하지 않겠냐고 한다. 나 대신 관계 공무원을 설득했어야 할 토목 설계 사무소에 이 회신을 정중하게 전달했다. 한번 읽어보시라고. 그다음부터 토목 설계 사무소의 태도가 공손해졌다. 아니 공손해졌다고 내 마음이 믿었을 것이다.

그래도 담당자는 괜찮은 사람이었다. 관계자 변경 신청까지 원만히 해결된 뒤 토목 설계 사무소 담당자에게 그동안 애쓰셨다고 인사했다. "별말씀을요. 저희가 뭐 한 게 있나요. 사장님이 하신 거죠." 안 좋은 시절 다 지나간 터라 사람 좋게 웃을 수 있었다.

허가와 무허가의 경계를 생각하다

인허가 절차 때문에 애도 먹었지만, 생각보다 돈이 많이 들었다. 건축사 설계(대행), 내진 설계를 위한 구조계산, 토목 설계(대행), 산지 보전, 분할 측량 등 각종 대행 비용과 세금 명목의 청구서를 받고 새가슴이 더 오그라들었다. 산지 용도를 변경할 때는 세금이 전답보다 훨씬 세다는 것도 알았다. 게다가 세금은 이제부터 시작이다. 이럴 줄 알았으면 마을 사람들한테 사정사정해서 집을 무허가로 지을 걸 그랬나?

물론 국가가 정한 허가 기준은 수긍할 점이 있다. 갈수록 지진 같은 재해 위험이 커지고, 화석연료가 고갈되는 현실에서 건축설계 기준이 엄격해지는 것은 당연하다. 건축물이 붕괴한 세계 곳곳의 재난 현장을 보면서 어떻게 허가 기준이 엄격하다고 푸념을 늘어놓거나 딴지 걸 수 있으랴. 더 근본이 되는 기후 위기의 원인이나 재난 불평등의 문제 등은 논외로 하고 말이다.

문득 그리고 엉뚱하게 나는 허가와 무허가의 경계를 생각했다. 사실 경계는 변방과 변방이 맞닿은 곳이다. 경계와 변방은 중심에서 내몰린 자들의 서식처다. 한편으로 '다양성'을 비추는 거울이기도 하다. 이를테면 갯벌과 숲을 '생태 다양성의 보고'라고 하지 않는가. 갯벌은 육지와 바다의 경계요, 바다와

육지의 변방이기도 하다. 숲은 보통 산 아래 있다. 그런 의미에서 숲은 산과 평지의 경계다. 갯벌과 숲은 생태 다양성을 비추는 거울인 동시에, 가장 파괴되기 쉬운 곳이다. 살아가면서 얼마나 많은 갯벌과 숲이 사라졌는가.

그래서 허가와 무허가의 경계는 어디인가? 국가가 그 기준을 정했지만, 나만큼도 갖지 못한 어떤 이들은 여전히 국가의 영역 밖에서, 즉 무허가로 집을 짓고 산다. 국가가 정한 기준은 그렇다 쳐도 사람과 사람 사이에 허가와 무허가의 경계라는 게 있는가? 있다면 어디쯤인가? 궁금해지는 것이다.

조세희 작가의 소설 《난장이가 쏘아올린 작은 공》은 1970년대 도시 무허가 판자촌이 무대다. 배 곯던 시절, 너나없이 허가받지 않고 지은 집에 살았다. 살자고 한 일이었으므로 먹고사는 처지가 거기서 거기인 사람은 아무도 그것을 죄라고 생각하지 않았다. 다만 무허가 판잣집을 뜯어내느라 한번씩 소동이 벌어지곤 했다. 중학생 때 같은 반 친구 어머니가 철거반하고 싸우다 맞아 죽었다. 땅바닥에 머리를 찧었다고 들었다. 그날 이후 친구의 책상은 비었다.

나와 함께 양파 망 흙집을 짓기로 한 P의 집도 무허가였다. P가 탈북민 출신이라는 '주목받을 만한' 사정이 있어서 그의 집이 무허가라는 것을 마을 사람은 물론이고 공무원, 경찰 할 것 없이 알 만한 사람은 다 알았다. 그래도 뭐라 하는 이가 없었다. 그의 궁박한 살림살이가 훤해서인지도 모른다. 애초에 그런 건 관심 대상이 아닐 수도 있다. P가 사는 동네만 해도 외지에서 온, 재산 없는 이들 몇몇이 남의 땅을 얻어다가 무허가로 작은 집을 짓고 살았다. 마을 주민들이 야박하게 내쫓거나 고발하지 않는다. 사람 사이에 허가와 무허가의 경계가 국가의 그것과 달랐다.

오래전에 지은 시골집은 태반이 무허가다. 시골 공인중개사 사무소의 주택 매매 광고를 보면 이런 내용이 많다. '집이 등기가 안 되어 있는데요. 예전에 지은 시골집은 흔합니다. 전혀 문제가 되지 않으니 걱정 안 하셔도 됩니다.' 사고파는 사람이 듣기 좋으라고 무허가 대신 '등기가 안 된 집'이라 했겠지만, 나는 입발림하는 이 광고가 맘에 들었다. 무허가 주택 하면 그 집에 사는 인생조차 무허가 같지 않은가. 등기가 안 된 집이라고 하니 집과 인생이 분리되는 기분이다. 불법체류자라 하지 않고 '미등록 이주 노동자'라고 부르는 이유가 있다.

그러니 무허가에 터 잡았을망정 저마다 품은 실낱같은 희망의 싹이 소담하게 자라기를 바란다. 그 싹이 자라기 위해 "사랑을 신고할 서류는 없다 // (…) // 진정한 사랑, 진정한 고통, 진정한 희망은 / 어떤 서류에도 기록되지 않는다"[10]는 문정희 시인의 말마따나 도장 찍은 허가서가 필요할 건 아니잖은가.

허가와 무허가의 문제를 다른 차원에서 생각해봤다. 나는 집 한 채 짓겠다고 국가에 허가를 받았지만, 정작 먼저 자리 잡은

---

10 〈사랑 신고〉, 《지금 장미를 따라》, 문정희, 민음사, 2016.

이들에게는 허가받지 않았다. 땅강아지, 땅거미, 두더지, 굼벵이, 개구리, 바랭이, 쑥, 명아주, 개망초… 이 많은 이에게 집 짓는 걸 허가받지 않았다. 내가 콘크리트기초를 치면 그 안에 터 잡고 사는 헤아릴 수 없는 생명이 절멸할 것이다. 나라는 존재는 먼저 터 잡고 사는 이들에게 적어도 그 터에선 생존의 위협이 될 수 있다.

내가 인정하고 말 것도 없이 나보다 먼저 자리 잡은 이들은 원주민, 나는 이주민이다. 나는 유럽에서 온 이주민이 아메리카 원주민을 대한 것처럼 내가 들어갈 터의 원주민을 대하고 싶지 않다. 그래서 나는 국가에 허가받은 집을 짓는 데 필요한 콘크리트기초는 어쩔 수 없어도, 이 터에서 살아가는 방식은 최대한 원주민을 존중하고 싶다. 이게 내가 시골에서 집을 짓는 이유이자 내가 살고 싶은 방식이다. 본격적으로 집을 짓기 전에 원주민을 존중하며 내가 자립해 살아갈 방식과 한계를 깊이 생각하겠다고 마음먹었다.

비록 싸늘한 콘크리트기초지만, 그 위에 막걸리 한 사발 놓고 원주민에게 이제 집을 짓겠노라고 양해를 구하리라. 적어도 내가 무엇을 지킬지 그들에게 고하고 약속하리라 생각했다.

4

집을 짓다,

삶을 짓다

1 터 정비, 기초
첫 삽 뜰 날이 아슬아슬 다가오다

2021년 5월 11일, 건축 신고 서류를 수리했다는 통보를 받았다. 집을 지어도 된다는 얘기다. 며칠 뒤 건축사 사무소가 군에 착공계를 제출했다. 집터에서 제일 가까운 전봇대에 공사 중 사용할 임시 전기 계량기를 설치했다. 6월 2일에는 분할 측량을 마쳤다. 건축사 사무소에서 산재보험 관계 성립 신고를 대신 접수했다. 이로써 집 지을 행정절차는 끝났다. 머리 쓰고 발품 드는 일이 끝났다는 뜻이다. 이제부터 몸이 중심이다. 교련 시간에 분해·조립해야 할 M16 소총을 앞에 두고 어찌할 바를 몰라 쭈뼛쭈뼛 서 있던, '그 몸'으로 처음 겪는 오만가지 일을 해내야 한다.

마을 공사를 오래 해온 포클레인 기사를 소개받아 터 정비 공사를 의논했다. 경력 30년 베테랑인 그이는 건축주로서 내가 해야 할 일을 자상히 알려줬다.

내 손으로 짓더라도 집은 혼자 짓는 게 아니므로 염두에 둬야 할 일이 있었다. 인력 수급 문제다. 이왕 작심했으니 모든 공정을 내 손으로 할 생각이지만, 혼자서 할 수 없는 일이 닥칠 것이다. 누군가 잡아주지 않으면 할 수 없는 일, 누군가 한쪽을 맡아주지 않으면 나아가기 어려운 일이 있을 것이다. 아내는 고맙게도 주말마다 와서 일손을 보태기로 했다. 그러나 힘 쓰는 남자의 손이 필요할 때가 있다. 나는 몇 년 전 끊은 SNS를 생각해냈다. 이미 몇 달 전 페이스북에 가입해 집 짓는 과정을 올리고 있었다. 효과는 오줌 거름처럼 즉시 나타났고, 똥 거름처럼 오래갔다. 코로나-19라는 장벽을 뚫고 집 짓는 내내 일손 보태러 찾아오는 벗이 끊이지 않았다. 못 오는 벗은 맥주며 장갑, 벽지까지 구호(?) 물품을 보냈다.

때맞춰 괴산에 사는 H씨가 손수 만든 테이블 쏘를 선물한다기에, 트럭을 몰고 왕복 400km를 달려가 싣고 왔다. H씨는 테이블 쏘를 구석구석 만지며 어떤 의도로 제작했는지 설명하고, 기꺼이 내 트럭에 실어줬다. 미룰 것도 없이 그날 H씨 부부를 초대해 담근 막걸리를 나눴다.

첫 공사를 앞두니 마음이 분주했다. 경험이 없어 더 그렇다. 터를 평탄하게 다지는 일, 상수도관과 하수도관, 우수관 등 설비 공사와 기초공사가 기다린다. 내가 이런 일을 알 리 없다. 당장 콘크리트 기초공사하는 방법, 배관 방법 등을 유튜브와 여러 인터넷 사이트에서 찾아봤다. 작업마다 들어갈 자재와 공구도 일일이 기록했다. 이렇게 공정에 필요한 자재와 공구를 빠짐없이 정리할 줄 알면 그 공정을 어느 정도 이해했다고 볼 수 있다.

제일 먼저 처리할 일이 철근 주문이다. 코로나-19 이후 건축자재 값이 폭등했고, 구하기도 어렵다고 들었다. 서둘러야했다. 아니나 다를까, 철근 값이 1년 전보다 50% 올랐고, 하

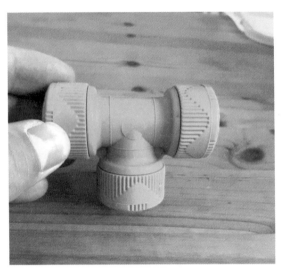

T 자형 부속

루가 다르게 뛰고 있다. 비용을 아끼려고 여기저기 견적을 받다가 생각보다 저렴하게 재단(절단, 절곡)까지 맡길 만한 곳을 찾았다. 화물 배송은 여유를 두고 주문하는 게 좋다. 같은 방향에서 오는 다른 주문과 '합짐'할 기회가 생겨 운송비를 줄일 수 있기 때문이다.

　상수도관 부속은 자꾸 헷갈렸다. PB관 연결 부속, PB관과 PE관 연결 부속, 마당 수도 부동전과 연결 부속, 매립형 수도 계량기와 연결 부속 등 준비할 게 많다. 수도관과 여러 가지 부속을 사서 어떻게 연결할지 머릿속으로 그려보다, T 자형 부속을 보고 '잘못 샀구나, 나한테 필요한 건 ┬ 이게 아니고

ㅓ 이렇게 생겨 먹은 건데 어떻게 하지?' 한참 생각해도 답을 못 찾겠기에 '할 수 없지, 내일 철물점 가서 바꾸는 수밖에' 하고 잠들었다. 이튿날 아침 일어나 ㅜ 부속을 다시 쳐다봤다. 아내도 있었다. 내가 하도 뚫어지게 쳐다보니 아내가 뭐 때문에 그러냐고 물었다. 그제야 나는 해결 안 되는 고민을 얘기했다. 그때 아내가 ㅜ 부속을 들고 말했다. "90° 돌리면 ㅓ 이렇게 되잖아!"

깜짝 놀랐다. '드디어 방법을 찾았구나' 하는 마음에 순간 기뻤는데, 그러고 나니 까닭 모를 슬픔이 밀려왔다. '웃프다'는 말이야 많이 쓰지만 '기프다'는 말은 못 들어봤다. '내가 신조어를 만들었구나' 뿌듯해지려다 얼굴이 화끈거리는, 아무튼 복합적으로 '기픈' 아침이었다. 선무당이 사람 잡을지 모를 첫 삽 뜨는 날이 아슬아슬 다가왔다.

첫 삽을 뜨다

2021년 6월 10일, 첫 삽을 떴다. 포클레인 삽이다. 나는 삽자루를 잡고 포클레인 옆에 섰다. 포클레인 기사를 보조해야 하기 때문이다. 지난 일이 스치고 지나가 짧은 시간 만감이 교차할 여유라도 있으면 좋으련만, 언감생심 초짜의 하루가 시작됐다. 오후 4시에 버림 콘크리트[1]를 타설할 레미콘을 예약했으니 그 전에 필요한 일을 끝내야 했다.

내가 들어오기 전에 이 터에 집을 지으려다 포기한 이가 있다. 그가 터 한쪽에 연못을 만든다고 웅덩이를 팠다. 너비 약 4m, 깊이는 사람 키 정도 된다. 몇 년 동안 빗물이 고이니 초여름 웅덩이는 올챙이에서 갓 탈바꿈한 개구리 세상이 됐다. 평화로운 삶의 터전에 포클레인이 덮쳤으니, 개구리들에게는 사람으로 따지면 산사태가 집을 휩쓸고 지나가는 듯 아비규환이 따로 없을 것이다. 포클레인이 물을 퍼내고 여기저기에서 흙을 긁어다 웅덩이를 메우기 시작했다. 개구리는 사방으로 튀었지만, 아직 개구리가 되지 않은 올챙이는 전부 파묻혔다. 언짢아 여기저기서 개구리라도 잡아다 멀리 옮겨줬지만 역부족이었다.

---

1 터 파기 공사 후 기초 작업을 쉽게 하려고 바닥을 한 번 더 마감하는 콘크리트.

우수관 설치

버림 콘크리트 타설

포클레인 기사는 30년 베테랑답게 능숙했다. 웅덩이를 메우면서 집터를 중심으로 땅을 평탄하게 다져갔다. 집터 뒤로는 빗물이 빠져나갈 우수관, 그 옆에 하수관을 매립할 배수로를 길게 팠다. 다시 수돗가 한쪽에 수도 계량기를 매립하고, 마을 공동 수도관에서 수도 계량기까지 PB관을 연결했다. 수도 계량기에서 한 가닥은 수돗가의 부동전으로, 한 가닥은 집터로 연결해 매립을 마쳤다. 이때 수도가 겨울에 얼지 않도록 깊이 매립해야 한다. 건축주가 굼뜨고 시간은 촉박하니 포클레인 기사가 되레 급해졌다. 보다 못해 포클레인에서 내려와 직접 수도관을 연결했다. 포클레인 작업을 하는 동안 나는 배수로 끄트머리로 들어가 우수관으로 쓸 맨홀과 이중관을 설치했다. 우수관과 하수관 작업은 나 혼자 며칠 더 계속해야 한다.

마지막으로 콘크리트기초를 세울 직사각형 둘레를 따라 버림 콘크리트를 타설하기 위해 땅을 팠다. 버림 콘크리트는 말 그대로 버리는 콘크리트다. 이것을 타설하고 편편하게 마감해야 그 위에 먹줄을 매기고, 그 먹줄을 따라 거푸집을 세울 수 있다. 이때 버림 콘크리트를 타설할 땅은 동결심도를 고려해야 한다. 동결심도란 동결 전 노면에서 흙 속 온도가 0°C 선까지 깊이를 말한다. 지역별 동결심도를 준수해서[2] 땅을 파야 기초가 약해지는 것을 막을 수 있다.

2 국토교통부가 정한 구조물 기초 설계 기준에 따른 동결심도 관련 규준이 있다.

늦은 오후에 레미콘이 도착했다. 포클레인은 레미콘이 부어주는 콘크리트를 받아서 군데군데 쏟아부었다. 나는 미리 제작한 콘크리트 밀대와 삽으로 편편하고 매끄럽게 했다. 수평이 잘 맞으면 좋겠지만 내 실력으로 쉽지 않았다. 공사 첫날이 지나갔다. 궂은일까지 챙겨준 포클레인 기사 덕분에 선무당이 사람을 잡진 않았다. 큰비가 온다고 해서 방수포(방수 천막)로 콘크리트를 덮었다.

아! 콘크리트

비가 그쳤다. 6월 13일, 아내와 함께 거푸집을 세울 자리에 먹줄을 놓았다. 거푸집 안에 기초 콘크리트를 타설하기 때문에 작은 오차도 있어선 안 된다. 가로와 세로, 대각선 길이까지 맞도록 여러 번 조정하느라 두 시간이나 걸려 끝냈다. 수치가 맞아떨어지는 순간, 너무 기분 좋아 "맞았어, 맞았어" 하고 소리 질렀다. "무슨 일을 그렇게 재밌게 해요?" 윗집 띠동갑 이웃이 나오셨다.

배수로의 우수관과 하수관 공사부터 진행하기로 했다. 빗물이 모이지 않는 끄트머리는 이중관과 맨홀을, 빗물이 모이는 곳은 유공관을 묻고 부직포로 감은 뒤 파쇄석을 깔았다. 유공관 옆에는 하수관을 연결했다. 기초를 세우고 내부의 하수관과 외부의 하수관을 연결하면 끝이다. 우수관과 하수관은 물이 잘 흐르도록 약간 경사를 줬다.

모든 일이 첫 경험이니 좌충우돌, 우왕좌왕이다. 공구도 딱 맞춰 준비를 못 해서 멍키스패너 가지러 한 번, 줄자를 빠뜨려 또 한 번, 뭘 깜빡해서 한 번… 계속 이 모양이었다. 완벽하게 준비하면 어디 초보인가? 더디지만 한 발씩 나아가고 있다. 장마 오기 전에 기초를 완성할 요량이라 서둘러야 했다. 이 모든 일을 내 손으로 해내야 한다. 여행으로 따지면 초행길이다. 그

거푸집 세울 자리에 먹줄 놓기

러고 보니 나는 초행길이 아닌 길을 만난 적이 없다. 가본 길조차 내일은 또 다른 의미의 초행길이었다.

직접 기초를 세운다고 하니 포클레인 기사가 한걱정했다. "터질 긴디요, 맽겨야 할 긴디요." 띠동갑인 윗집 이웃께서도 말씀했다. "이건 맡겨서 하지 그래요? 불안한데…." 나 역시 걱정됐지만, 이 유혹을 견뎌내야 한다고 자신을 어르고 달랬다. '지금부터 맡기면 내 손으로 집 짓기는 땡이다' 하며 나를 도망가지 못하게 붙잡았다. 유튜브나 인터넷을 보니 기초를 세울 때는 '유로폼'이라는 거푸집을 세운 다음 배근, 내부 하수관 배관 등 내부 공사를 했다. 나는 순서를 바꿔 기초 내부 작업부터 하고 마지막에 거푸집을 세우기로 했다. 비 때문에 일을 중단하는 일이 잦고 초보라 더딜 것이 뻔하니, 거푸집과 부대 장비 임대료를 아끼기 위해서였다. 작업해보니 문제가 안 됐다.

6월 16일, 기초 내부 공사를 시작했다. 먼저 기초 테두리를 따라 철근을 세웠다. 거푸집을 세우고 이 작업을 하면 공간이 비좁아 애먹을 수 있어 미리 작업하기로 했다. 용접기가 있으면 2단으로 튼튼하게 세울 수 있는데, 이것저것 시도해보다 결국 1단으로 세웠다. 풋내기가 첫 연애편지를 썼다 지웠다 하듯이 이렇게도 해보고 다시 뜯어 저렇게도 해보면서 이틀에 걸쳐 테두리 배근 작업을 끝냈다. 실내 하수관 배관을 하고, 기초 바닥에 습기 차단용 비닐을 깔았다. 그 위에 한기와 열기를 차단할 단열재를 놨다. 갈수록 단열 기준이 엄격해져서 기초 바닥에 단열재를 깔도록 규제하고 있다. 나는 바닥 난방을 하

기초 내부 공사 완료

지 않을 생각이라 더 신경 써야 한다.

　이제 배근한다. 철근을 가로세로 엇갈려서 깔고, 결속선(가는 철사)으로 묶었다. 결속기라는 작은 꼬챙이로 감아주는 일이다. 요령이 없어 자꾸 헛돌다가 한참 지나자 능숙해졌다. 그 일은 능숙해지니 끝났다. 시간이 흐른 뒤에 알았다. 초보자의 모든 공정은 능숙해질 만하면 끝난다는 것을.

　드디어 거푸집 세울 준비가 끝났다. 밀린 빨래를 널고 문밖에 나와 커피를 마셨다. 어두워지기 시작했다. 저 앞으로 미루나무가 우뚝 서 있다. 족히 30m는 될 것이다. 시간이 나를 위해 멈춘 듯한 고요, 흑백사진 한 컷 같은 침묵. 술도 없이 취했나 보다. 미루나무 실루엣을 보며 나는 "그 드물다는 굳고 정한 갈매나무라는 나무를 생각하는 것이었다"[3].

　6월 21일, 필요한 규격과 수량을 산출하고 가설 자재 임대 업체로 가서 거푸집과 부대 장비를 빌렸다. 거기서도 한걱정을 들었다. "그거 터져요. 전문 목수한테 맡겨야 해요." "목수한테 안 맡겨 터진 사람을 둘 봤어요." 일을 안다는 사람은 이구동성으로 '초짜의 기초가 터지는 건 과학'이라고 나를 훈계했다. 슬슬 겁이 났다. 유튜브 동영상을 보고 또 봤다. 유튜브 앞에 앉으면 불안이 가신다. 유튜브에선 터지는 법이 없기 때문이다. 터지는 법이 없는 유튜브의 세계는 분명히 현실을 보

3　백석의 시 〈남신의주 유동 박시봉방〉 마지막 구절.

거푸집 공사

여주지만, 그 현실이 취사선택 된다는 점에서 일종의 가상 세계일 수 있다. 거기다 유튜브는 핵심을 콕 집어서 가르쳐주지 않아 믿고 했다가 큰코다칠 수 있다. 여러 정보로 교차 검증할 필요가 있다는 것을 경험이 쌓인 뒤에야 알았다.

거푸집 세우는 일은 쉽지 않았다. 정해진 치수대로 처음부터 끝까지 꼿꼿하게 서 있어야 한다. 중간에 휘기도 하고, 어떤 곳은 더 벌어지기도 해 잘 잡아줘야 했다. 특히 버림 콘크리트 작업을 서두르는 통에 바닥 수평을 잘 맞추지 못했다. 거푸집에도 영향이 있어 군데군데 보강했다. 비가 시도 때도 없이 내려 시간을 끌었다. 거푸집 위아래 아시바 파이프⁴를 대고, 네 귀퉁이도 대각선으로 파이프를 질렀다. 파이프와 거푸집은 시누라는 공구를 써서 반생⁵으로 묶었다. 이 작업이 생각보다 쉽지 않았다. 못 쓰게 된 반생이 발밑에 쌓여갔다. 열 개는 족히 넘을 것이다. 앞마을 사람이 와서 시범을 보이고 갔다. 그 후로도 몇 개가 더 쌓인 다음 반생은 비로소 마음을 열고 제대로 묶였다. 사람하고 똑같이 이놈들도 친해지려면 시간이 걸린다. 각재를 땅에 박아 거푸집을 받쳤다. 필요한 곳은 흙으로 덮었다. 기초는 40cm 올리기로 했다. 그 높이에 맞춰

---

4 비계를 현장에서는 흔히 일본어 '아시바'로 부른다. 가설 발판이나 시설물 유지·관리를 위해 사람이나 장비, 자재 등을 올려 작업할 수 있도록 임시로 설치한 가설물 등을 뜻한다. 아시바 파이프는 비계에 설치하는 파이프다.
5 일본어 '반생'은 구운 철사다. 거푸집을 고정하고, 강관을 묶는 용도 등으로 많이 쓰인다.

거푸집에 실을 띠었다. 이제 콘크리트를 채울 준비는 끝났다. 물론 초보의 생각이다.

6월 28일, 일기예보는 오후 3시부터 비가 내린다 했다. 약속한 오후 1시가 돼도 레미콘이 오지 않았다. 비가 온다는 오후 3시에 나타났다. 다행히 비는 조금 오다 그쳤다. 윗집 이웃께서 도와주기로 해 콘크리트 펌프 카를 부르지 않았다. 50만 원을 아끼기 위해서다. 기초가 작으니 둘이 충분하리라 생각했다. 그 생각이 초짜라서 부릴 수 있는 객기라는 걸 깨닫는 데 10분도 필요치 않았다. 펌프 카가 없으니 레미콘이 한곳에 콘크리트를 그야말로 쏟아부었다. 콘크리트가 무섭다는 것을 처음 알았다. 나는 완전히 압도됐다. 생각할 틈도 없이 몸이 알아서 굳었다. 그때 우지직 소리가 났다. 거푸집이 들렸다. 그 밑으로 콘크리트가 쿨렁쿨렁 쏟아져 나왔다.

이게 수습 가능한 사태인지 알 수 없었다. 유튜브에선 이런 장면을 보지 못했다. 유튜브는 역시 가상 세계였다. 내가 건축주인 걸 잊고 잠시 멍해졌다. 그때 작업 현장을 멀리서 왔다 갔다 하며 보던 이웃들이 몰려왔다. 레미콘 기사가 훑어보더니 한마디 했다. "거푸집 짠 거 보니 이건 전문가 수준입니더. 콘크리트못만 박았으면 좋았을 깁니더."

마을 사람들이 힘을 다해 콘크리트를 안으로 퍼 올리고 거푸집을 바로 세웠다. 큰 돌이든 각목이든 힘 받을 만한 건 뭐든지 끌어모아 거푸집을 고정했다. 나는 거푸집 아래 작은 구멍에 콘크리트못을 박았다. 유튜브나 인터넷을 봐도 콘크리트못

기초 콘크리트 공사

이 중요하다는 것을 크게 강조하지 않아 별문제 없으리라 여기고 빼먹은 게 잘못이었다. 저녁 7시가 되어 일이 끝났다. 이웃들이 그 시간까지 함께 일했다. 이웃의 도움이 없었다면 아마 끔찍했을 것이다. 거푸집이 터진 채로 콘크리트가 굳었을지 모른다. '초짜는 터진다'는 과학적 증거로 남아 온 동네 사람들 입에 오래도록 오르내렸을지도 모른다.

몸을 뉘었다. 여기저기 아프기 시작하더니 피곤이 몰려왔다. 그런데 잠은 안 오고 레미콘 기사의 앞뒤 자른 한마디만 계속 귀에 맴돌았다. "거푸집 짠 거 보니 이건 전문가 수준입니더." "이건 전문가 수준입니더." 유튜브만 가상 세계가 아니다. 초짜의 머릿속도 가상 세계다. 헤, 웃고 나서야 잠이 들었다. 이튿날 삭신이 쑤셨다.

포클레인은 하루하고도 반나절을 더 들어왔다. 7월 3일 정오 무렵에 기초와 배수, 배관 공사가 모두 끝났다. 장마가 닥치기 전에 끝내려고 2주 이상 매일 새벽 6시부터 저녁 7시까지 일했다. 비가 쏟아지기 시작했다. 장마전선은 제주도 하늘을 먹어치웠고, 이곳 산골 마을의 하늘까지 집어삼켰다.

미리 깃들어 사는 이웃 생명에게

지루한 비가 잠시 그쳤다. 나는 아내와 함께 콘크리트기초에 올라섰다. 저 앞 백두대간 쪽을 향해 막걸리를 올리고 절했다. 평화로운 터전에서 서로 위하며 잘 살아가자고 덕담을 나누고, 기초 둘레에 막걸리를 고루 뿌렸다.

나는 이 터에 먼저 자리 잡은 '원주민' 이웃에게 글을 써 올렸다.

미리 깃들어 사는 이웃 생명에게

우리는 인연의 힘에 끌려서 혹은 마음이 이끄는 대로 이곳 함양 땅 백두대간의 아늑한 자락에 깃들어 살게 됐습니다. 이 마을을 처음 찾은 날이 떠오릅니다. 나무 한 그루 함부로 베지 않고 숲을 지켜온 마을이 참으로 좋았습니다. 마을 회의에서 가로등을 놓지 않기로 했단 얘기를 들었습니다. 어둠이 내리면 달빛과 별빛만으로 온전한 밤을 누릴 수 있을 것 같아 설렜습니다.

이 땅은 우리의 전유물이 아니라는 걸 잘 알고 있습니다. 골프장 크기에 비하면 손바닥만 한 땅일망정 자자손손 대대로 풀과 뭇 생명의 노고가 이 땅에 함께 깃들었다는 사실을 잘 알고 있습니다. 그래서 우리는 집 지을 기초를 앉힌 오늘, 미리

자리 잡은 이웃 생명에게 양해를 구하려고 합니다. 함께 오순도순 살아갈 다짐을 할 테니 크게 걱정하지 말라는 얘기를 전하려고 합니다. 이를테면 작은 언약인 셈입니다.

먼저 미안합니다.

기초를 세우고 땅을 다지느라 큰 소란이 벌어졌습니다. 흙으로 웅덩이를 메워 다 자라지 못한 올챙이들이 죽었습니다. 어린 개구리들이 죽거나 웅덩이 밖으로 쫓겨났습니다. 풀도 포클레인에 죄다 뽑혀 땅 한쪽에 쌓였습니다.

인간이 집 짓는 일조차 다른 생명에겐 폭력이고 참사라는 사실을 새삼 확인하니 마음이 편치 않습니다. 이런 일이 집을 다지을 때까지 계속될 거라 더 그렇습니다. 변명이지만 집을 짓고 나면 땅속에 있던 풀씨가 다시 돋아나고, 개구리며 땅거미, 땅강아지, 굼벵이, 지렁이가 다시 자리 잡는 건 순식간이란 사실도 잘 알고 있습니다.

사람은 천부의 권리를 가지고 있다고 합니다. 그렇다면 사람과 다른 생명도 그 못지않은 권리를 갖지 않을 이유가 없습니다. 인간은 그 존재만으로 자연에 큰 해악이므로, 다른 생명의 권리를 존중해야 할 책임이 크다는 사실을 우리는 잘 알고 있습니다. 조금만 더 참아주면 소중한 이웃인 당신들을 존중하고 함께 살아가겠노라고 약속합니다. 지난 8년 동안 다른 밭에서 그렇게 해왔듯이, 몇 가지는 충분히 그리하겠노라 약속할 수 있습니다.

집을 다 짓고 트랙터, 포클레인 따위 땅을 다지는 기계 장비를 들이지 않겠습니다. 당신들도 숨 쉴 공간이 필요하기 때문입니다. 아무리 고돼도 예초기를 사용하지 않을 겁니다. 커다란 프로펠러가 내 머리 위를 윙윙거리며 다닌다 생각하니 차마 하기 어렵습니다.

첫 두둑을 만든 뒤 밭을 갈아엎지 않겠습니다. 그 밭이 당신들의 삶터라는 걸 잘 알고 있습니다. 두둑에 비닐을 씌우지 않고 필요한 때만 풀을 베겠습니다. 풀도 작물과 함께 살아갈 권리가 있습니다. 그 권리를 존중하겠습니다.

똥, 오줌, 음식물 따위 집에서 나온 부산물은 적절한 방법으로 땅에 돌려보내겠습니다. 농약, 화학비료, 시중에 판매하는 거름을 뿌리지 않겠습니다. 당신들과 함께 사는 땅이라도 우선 그렇게 하겠습니다.

그 밖에 일일이 다 적지 못하더라도 이해해줄 것을 부탁합니다. 당신들과 더불어 살아가겠다는 마음은 변함이 없을 겁니다. 당신들의 삶터와 우리의 삶터는 하나이기 때문입니다. 당신들과 평화롭게 살아간다면 우리 가족의 평화는 자연스레 따르는 덤이라 생각합니다. 당신들을 존중하는 마음과 우리 가족이 서로 존중하는 마음이 어찌 다르겠습니까?

이 터에 살아가는 동안 우리 가족이 평화로우면서 당신들과도 평화로운 좋은 삶터를 가꾸겠습니다. 고맙습니다.

자재 준비

코로나-19는 많은 것을 바꿨다. 산골 마을도 피해 가지 못했다. 마을이 관리하는 산촌체험관에 숙박하러 오는 외부인의 발길이 끊겼다. 이따금 마을 주민을 찾아오던 가족과 지인들도 발을 끊었다. 마을 사람들은 특별한 일이 아니면 바깥세상에 나가지 않았다. 두 달에 한 번씩 열리던 마을 회의가 중단됐다. 이 마을의 공동체 문화를 지탱해온, 매주 수요일에 피자를 만들어 나눠 먹는 모임도 내가 들어오기 전부터 중단됐다.

도시에서 창궐한 코로나-19는 가뜩이나 적막한 산골 마을을 고립시켰다. 그러니 산골로 들어왔다고 세상사의 영향에서 벗어난 것이 아니다. 어디에 있거나 우리는 세상사라는 거대한 물결에 함께 떠 있는 신세다. 산골에 살면 사는 대로 연결된 존재로서 책임을 자각하며 살아갈 도리밖에 없다.

코로나-19는 내 주머닛돈도 빼갔다. 골조를 세우려면 목재부터 사야 하는데, 1년 새 값이 두 배 이상 올랐다. 세 배 넘게 올랐다는 보도까지 있었다. 코로나-19 이후 모든 자재 값이 급등했다. 건축비를 아껴서 조막만 한 논이라도 장만해 쌀을 자급하자는 로망은 물 건너갈 참이다. 공사 부도나지 않고 입주하면 다행으로 여겨야 할 처지가 됐다. 경량 목구조 골조에 들어가는 목재는 일정한 규격으로 가공되고 건조 과정을 거친 구조목이다. 거의 전량 북미에서 수입하는데, 코로나-19 때문에 수입 물량이 줄어 값이 폭등했다. 한번 오른 자재 값은 어지간해선 내려가지 않을 것이다. 나는 공사를 진행하기로 했다.

골조에 들어갈 목재를 주문하려면 필요한 목재의 규격과 수량을 산출해야 한다. 그러려면 골조가 어떻게 구성되는지 이해하는 게 순서다. 장맛비는 하염없이 내리는데, 나는 이것을 충분히 공부하되 간간이 막걸리도 한잔하라는 뜻으로 알아듣고 유튜브와 여러 인터넷 사이트와 책을 들여다보다가 전을 부쳐 막걸리를 마시기도 했다. 이해 속도가 조금 빨라졌다. 코앞에 닥쳤기 때문이다.

골조를 세우려면 기초에 토대를 올리고, 토대에 벽체, 벽체에 천장 장선과 지붕을 올린다. 이들이 어떻게 구성되는지 구조를 정확히 이해해야 거기 들어가는 목재의 규격과 수량을 산출할 수 있다. 여기서 한 가지 결정할 일이 생겼다. 벽체를 구성하는 기본이 되는 뼈대가 스터드[6]다. 제일 많은 목재가 들어간다. 스터드 표준 간격은 16in와 24in가 있다. 이 표준 간격을 준수하지 않으면 공사가 어려워진다. OSB 합판, 단열재 등 중요한 자재가 스터드 표준 간격과 표준 높이에 맞춰 제작되기 때문이다.

---

6 벽체에 들어가는 수직 부재. 우리말로 샛기둥이다.

나는 이 대목에서 고민했다. 1in는 25.4mm다. 16in는 406.4mm, 24in는 609.6mm다. 튼튼하기로는 16in일 테고 건축 현장에서도 거의 16in를 선택한다. 스터드 간격은 천장 장선 간격과 지붕 서까래 간격에 연동되므로, 그만큼 목재가 더 들어갈 것이다. 16in가 튼튼하겠지만, 경량 목구조의 표준 규격 중 하나로 24in가 지정됐다는 건 문제가 없다는 소리 아닌가. 고민 끝에 24in를 선택했다. 목재를 아끼기 위해서다. 집이 작아서 하중을 덜 받을 거라고 나름 계산도 했다.

골조구조는 초보가 짓는 집답게 단순 무구했다. 다락방이 없으니 다락방 창문도 없다. 안방과 다용도실 내벽도 없다. 지붕 역시 모임지붕[7]이라는 다소 복잡한 구조도 없다. 남들이 보면 집이 아니라 창고를 짓는 줄 알겠다. 그러나 벽체에 들어가는 창호와 문의 구조를 이해하는 데 시간이 필요했다. 반복해서 공부하니 그럭저럭 골조구조가 이해됐다. 목재의 규격과 규격별 수량을 대략이나마 산출할 수 있다는 뜻이다.

어떻게 하면 목재를 싸게 구입할까? 여기저기 알아봤으나, 다 전업 목수가 아니니 얻을 정보가 얼마 안 됐다. 때마침 윗집 이웃께서 아랫말에 사는 목수를 소개했다. 이웃과 찾아가서 이것저것 묻는데 목수도 나한테 궁금한 게 있나 보다.

"설계하셨어요?"

---

7 정면, 측면, 후면 모두 지붕면을 형성하는 지붕.

"설계는 건축사에 맡겨서 했죠."

"그 설계 말고 골조 설계요. 실제 창호 크기와 어떻게 배치할지 세세하게요."

"그걸 설계까지 해야 하는지 몰랐네요."

목수는 윗집 이웃을 쳐다봤다. 주눅이 든 내가 보기에 어이가 없다는 표정이었다. 그 후 윗집 이웃의 한껏정과 잔소리가 눈에 띄게 늘었다. 그 목수가 착하디착하신 띠동갑 이웃께 나에 대해 뭐라고 엄포를 놓았는지 모르지만 말이다.

처음 구입하는 목재 양이 많으니 가까운 지역 자재상에서 규모가 큰 곳부터 알아보기로 했다. 구조목은 두께 2in, 폭은 쓰임새에 따라 몇 가지가 있다. 나는 4in, 6in, 8in, 10in가 필요했다. 그래서 내게 필요한 구조목의 규격은 2×4(two by four) in, 2×6in, 2×8in, 2×10in다. 구조목은 길이도 2440mm, 3660mm, 4880mm로 재단되어 나오는 모양이었다. 자투리를 줄이려면 필요한 길이를 잘 조합해야 했다. 이렇게 필요한 규격과 길이, 수량을 정해 가까운 지역의 두 업체에 견적을 의뢰했다. 그런데 두 곳에는 내가 원하는 길이의 목재가 없었다. 업체가 보유한 치수를 기준으로 수량을 산출해서 견적을 받았다.

인천으로 눈을 돌렸다. 인천은 수입 목재 집하장이다. 이곳에서 수입 목재를 전국 목재상으로 배송한다. 구조목을 취급하는 업체를 찾아 견적을 받았다. 화물 운송비를 합해도 미리 견적을 받은 곳보다 낮았다. 주문을 넣었다.

재단

7월 20일, 목재가 도착했다. 비는 여전히 자주 왔다. 목재는 원래 공사 현장에 쌓아두고 바로 재단해 사용한다. 나는 현장에서 150m 떨어진 마을 창고에 목재를 부리기로 했다. 초보가 혼자서 작업하니 속도가 날 리 없고, 무더운 날씨에 비까지 자주 온다. 아마 오래도록 목재를 한곳에 둬야 할 것이다. 그래서 창고에 보관한 상태로 가능한 것은 재단과 제작을 끝내서 옮기고, 나머지는 그때그때 옮겨다 쓰기로 했다. 나는 전기선을 끌어다 목재를 절단할 마이터 쏘를 설치했다.

사흘 동안 목재만 잘랐다. 스터드, 코너,[8] 배커[9]를 제작할 목재를 절단하는 시간이 제일 많이 걸렸다. 이들은 길이가 모두 2440mm다. 목재상에서 2440mm는 재단 비용을 따로 받고 팔아, 4880mm를 구입해 반으로 절단한다. 2440mm가 많은 것은 나중에 벽체에 부착할 OSB 합판의 높이가 2440mm라 구조목도 이에 맞춰 재단하기 때문이다. 경량 목구조 주택은 '규격화'돼서 좋다. 물론 초보의 입장이다. 문과 창호에 들어갈 목재도 규격과 치수에 맞게 절단해 따로 뒀다. 아무 도움도 받지

---

8 벽체 네 귀퉁이에서 양쪽 벽체를 연결하는 'ㄴ 자형' 기둥.
9 내벽과 외벽을 연결하는 'ㄷ 자형' 기둥.

않고 혼자서 책과 메모지를 보며 일했다.

아무리 창고가 햇볕을 가려준다지만, 한여름 무더위는 사람을 지치게 했다. 이때 하얗게 김이 서린 캔맥주가 있으면 좋아서 까무러칠 것 같았다. 그럴 일이 생겼다. 윗집 이웃께서 캔맥주를 들고 오신 것이다. 나는 까무러치는 대신 단숨에 들이켰다. 띠동갑인 이웃께서는 5년 전 목수를 고용해 집을 지어본 분이라, 여러모로 도움을 주셨다. 이웃께서 또 걱정 어린 얘기를 하셨다. "목수를 쓰지 너무 고생스럽지 않아요?" 고맙지만 같은 얘기를 반복하시니 솔직히 말씀드리기로 했다.

"제가 집 짓는 데 남은 예산이 2000만 원이에요. 이 돈으로 나머지 공정을 마쳐야 해요. 왜 사람을 못 쓰는지 아시겠죠?"

"노무사 했다면서요?"

이웃께서는 꽤 놀란 눈치였다.

"노무사 일을 할 때 돈 벌어 땅 사고 업자한테 맡겨 집을 지었는데, 그 집은 제 것이 아니고요. 그리고 나서 업을 그만두고 비영리단체에서 일할 때부터 번 돈이 없어요. 저 진짜 가난해요."

그 뒤로 이웃께서는 지붕 올릴 때 빼고는 목수 얘기를 하지 않았다. 내 예산은 빠듯하다. 경량 목구조 주택을 업자한테 맡겨서 지으면 인허가 비용과 기초공사 비용, 각종 세금 등을 빼고, 싱크대 빼고, 뭐 빼고 해서 순수 건축비만 평당 450만 원은 잡아야 할 것이다. 자재 값이 올랐으니 이 금액으로도 가능할지 모르는 상황이다. 나는 인허가, 각종 세금, 기초공사 등 모든 비용과 11.3평 건축비, 데크와 데크 위 지붕 공사비, 생활

비까지 4000만~4500만 원으로 충당하려고 한다. 마을 이웃이 놀란 이유는 집 짓는 데 돈이 얼마나 드는지 알기 때문이다. 공사 중 돈이 떨어지면 트럭 끌고 시골 길바닥에 다니며 제일 흔한 나무 팔레트를 주워다 뼈대로 써야 할지 모른다. 잠깐이지만 새가슴이 벌렁거렸다.

목재 절단 작업을 끝냈다. 벽체에 들어갈 부속물을 제작할 차례다. 못총을 쏴본 적이 없어 자투리 나무로 연습했다. 못총에 쓰는 못은 다발로 돼 있다. 못 다발을 장전하고 총 끝으로 박을 곳을 누르면서 방아쇠를 당겼다. 꽝 소리와 함께 못이 박혔다. 순간 가슴이 덜컹했다. 내가 겁이 많기도 하지만 초보라면 누구나 놀랄 것이다. 실제로 위험하다. 그 힘은 뼈도 관통할 수 있으니 자세를 잡을 때 특히 조심해야 했다. 못총은 공기압의 힘으로 못을 발사해, 에어컴프레서가 필요하다.

못총의 효능은 대단했다. 그러나 나무 다루는 작업이 처음이라 친해지려니 시간이 필요했다. 잘 조준해서 쐈는데 자꾸 못이 옆으로 삐져나왔다. 일일이 뽑아서 다시 박았다. 보통 장비로는 뽑기 어렵고 장도리, 속칭 빠루망치보다 가는 못 뽑기 전문 공구를 못 머리에 박아서 빼냈다.

창고에서 미리 제작할 것은 코너, 배커, 헤더다. 코너는 2×6in 목재 두 개를 'ㄴ 자형'으로, 배커는 2×6in 목재 세 개를 'ㄷ 자형'으로 결합했다. 헤더는 지붕에서 내려오는 무게 압력을 버티기 위해 창틀과 문틀 위에 설치하는 상자 형태인데, 속이 텅 비었다. 빈 상태에서 못을 다 박고 설치까지 끝내면 겨

코너   베커

헤더

울철 방한은 고사하고 방안의 따뜻한 공기와 바깥의 찬 공기가 헤더 안에서 상봉의 눈물을 줄줄 흘릴 게 자명하다. 이를 '결로'라고 한다. 잊지 말고 헤더 안에 미리 단열재를 채우는 게 중요하다. 일반 단열재는 비에 약하므로 우레탄폼을 채웠다. 헤더는 창틀 위에 설치할 것 여섯 개, 문틀 위에 설치할 것 한 개를 제작했다.

시골엔 이웃 같은 동네 철물점이 있다

창고에서 할 일은 끝났다. 장소를 현장으로 옮겨 기초 위에 토대[10]를 설치해야 한다. 충분히 예상하다시피 나중에 세울 벽체는 나무다. 나무로 제작한 거대한 벽체를 콘크리트기초에 바로 세울 순 없지 않은가. 그래서 기초 위에 미리 토대를 설치하는 것이다. 토대는 2×6in 방부목을 기초 테두리에 벽체를 세울 라인을 따라서 앵커볼트[11]로 고정한다. 이것은 외벽이고, 내벽을 세울 라인을 따라서 역시 토대를 설치해야 한다. 그 위에 현장에서 제작한 벽체를 세워 못을 박는다.

토대를 설치하는 데 필요한 자재와 공구를 준비했다. 토대를 콘크리트기초에 고정할 세트 앵커[12]는 녹슬지 않는 스테인리스 재질로 40개 주문했다. 원래 기초공사 할 때 토대를 설치할 자리에 'L 자형' 앵커를 미리 심는 것이 정석이다. 나는 기초에 구멍을 뚫어 세트 앵커를 심기로 했다. 'L 자형' 앵커를 정확한 자리에 심을 자신이 없었고, 집이 작아 세트 앵커로도 하중을

---

10 콘크리트기초 위에 설치하는 벽체의 가장 아래 깔도리.
11 건축을 하거나 기계를 설치할 때 콘크리트 바닥에 묻어 기둥, 기계 따위를 고정하는 볼트.
12 쐐기와 본체가 일체형으로 구성된 앵커볼트.

견딜 것이라 자신했기 때문이다. 물론 전문가에게 자문했다.

철물점에서 쓰는 자재, 공구 따위의 용어는 일본어 위주다. 건축 일을 하는 업자들이 철물점의 주 고객인데, 그들이 현장에서 쓰는 용어가 일본식이기 때문이다. 이를테면 철물점은 앵커볼트를 '삼부앙카' '욘부앙카' 등으로 말한다. 이때 삼부는 3/8in, 환산하면 9.5mm다. 즉 삼부앙카는 나사선 지름이 9.5mm인 앵커볼트다. 욘부앙카는 1/2in, 즉 지름 12.7mm 앵커볼트다. 이 말을 못 알아들어서 주문할 때 헷갈렸다. 나는 삼부앙카가 더 큰 줄 알고 40개를 주문했다가 잘못했다는 것을 알고, 뒤늦게 욘부앙카로 바꿨다. 그런데 그 철물점도 스테인리스 앵커볼트가 없어서 대구에 나갔을 때 구해 온 것이었다. 다행히 대구에 다시 나갈 일이 있어 바꿨다.

철물점은 오랫동안 써온 일본식 용어를 쓰고 내가 본 책에는 in와 mm 단위로 나오니, 통역 없이 이해하려면 한참 얘기를 나눠야 했다. 덕분에 거래하는 철물점 부부와 돈독해졌다. 전화하면 바로 "조광복 씨?" 하고 반겼다. 나는 철물점을 들락날락했다. 잘못 샀거나 뭔가 빼먹었기 때문이다. 경험이 없어서 그렇다. 자재와 공구를 사는 일도 차츰 요령이 생겼다. 큰돈이 드는 자재와 장비는 견적을 받아본 뒤 거래할 곳을 정했다. 소모품이나 그때그때 필요한 자재와 공구는 되도록 철물점을 단골로 두고 거래했다. 철물점의 장점은 융통성과 빠른 문제 해결이다. 한번은 컴프레서 에어 호스와 못총의 연결 부위가 맞지 않아 철물점에 가져갔더니, 30분 가까이 여러 부속을 맞춰서 기어이 잘 맞는 것으로 바꿔줬다. 품값도 안 받았다.

집은 나 혼자 짓는 것 같아도 그렇지 않다. 집은 여러 관계의 집합이다. 내 손으로 짓지만, 그 과정에 한 번씩 다녀가면서 훈수를 두거나 급할 때 힘을 보태준 마을 이웃의 몫이 있고, 언제든 찾아가 의논할 철물점의 몫이 있고, 자기 일처럼 성심껏 해준 포클레인 기사의 몫도 있다. 앞으로 자주 등장할, 먼 길 찾아와 아낌없이 일손을 보태줄 벗들은 또 어떤가. 이밖에도 **빼먹을** 수 없는 몫이 집 짓는 과정 곳곳에 자리 잡고 있다. 그 관계의 총합이 집이라는 것을 시간이 지날수록 실감했다. 이런 사연이 없다면 '집'이라고 이름 붙인 딱딱한 덩어리에 불과한 건축물은 얼마나 무미건조한가!

기초 위의 기초, 토대 설치

8월 2일, 한여름이다. 이제 현장에서 일한다. 뙤약볕을 가릴 지붕 없이 폭염을 견뎌야 한다는 뜻이다. 나는 '새벽형 인간'이 됐다. 새벽 6시에 일을 시작해 낮에는 쉬는 것이다. 기초에 토대를 올리기 위한 준비 작업부터 했다. 토대목 놓을 위치에 따라 먹줄을 놓고, 비가 오면 지워질 수 있어 군데군데 투명 래커를 뿌렸다.

목조 주택은 골조를 세울 때 공정마다 레이아웃을 먼저 한다. 레이아웃은 목재나 자재를 고정할 위치를 미리 표시하는 작업이다. 기초에 토대목을 설치할 때는 올릴 자리에 먹줄을 놓는 레이아웃을 한다. 벽체를 제작할 때는 밑깔도리[13]와 위깔도리[14]에 해당하는 목재에 스터드 같은 부속 목재가 들어갈 위치를 표시하는 레이아웃을 한다. 천장 장선을 설치할 때는 양쪽 벽체 위 이중 위깔도리[15]에 장선이 놓일 위치를 표시하는 레이아웃을 하고, 마지막으로 지붕에 서까래를 설치할 때는 마

---

13 벽체의 하부에 설치하는 수평재.
14 벽체의 상부에 설치하는 수평재.
15 위깔도리에 한 겹 더 설치하는 수평재.

기초 바닥면 수평 오차

룻대[16]에 서까래를 고정할 위치를 표시하는 레이아웃을 한다. 즉 레이아웃은 모든 작업의 기본 바탕을 세우는 사전 작업이다. 레이아웃에 착오가 없어야 한다. 나는 이걸 잘못해서 몇 번 못을 빼내야 했다.

이튿날 비가 내리다 오후에 그쳤다. 가장 먼저 할 일이 있었다. 내리다 말다 반복하는 빗줄기보다 훨씬 더 구질구질한 일이다. 석재 전용 날을 끼운 그라인더로 콘크리트기초의 면을 갈아 수평 오차를 줄이는 작업이다. 기초공사 중 거푸집이 터졌을 때 급하게 복구하느라 콘크리트 면의 수평이 맞지 않았다. 먼저 기초 바닥면 수평 오차를 알아야 한다. '레이저 레벨용 센서'라는 장비가 없어도 물을 채운 투명 호스를 이용하면 쉽게 알 수 있다. 콘크리트기초 네 귀퉁이 중 가장 낮은 귀퉁이를 찾아 그 끝을 기준으로 각 귀퉁이의 수평이 되는 지점을 체크한 뒤 먹줄을 매겨 수평선을 그었다. 터진 부위 쪽이 4cm 정도 높았다. 큰일 났다 싶어 당황했지만, 곧 안심했다. 윗집 이웃의 말씀 때문이다. "우리 집 지을 때 기초를 전문 팀에 맡겼는데, 오차가 4cm였어요. 그게 무슨 전문가야! 근데 다 해결되더라고."

이 오차를 2.5cm 정도로 낮추려는 것이다. 미국에서 목조 주택의 기초를 세울 때 수평 오차가 1in 이상이면 하자로 간주해

---

16 박공지붕에서 서까래와 서까래가 만나는 윗부분에 설치하는 수평 부재. 박공지붕은 양쪽으로 경사진 지붕이다. 내가 짓는 집도 박공지붕이다.

기초를 다시 세우라고 요구한다고 한다. 1in가 2.54cm다. 연장 잡은 지 얼마나 됐다고 '목수'의 자존심이 생겼다. 목조건축의 본고장 미국의 기준 정도는 맞춰야 하지 않겠나 하는 자존심이다. 사실을 고백하자면 초보의 문제 중 하나가 허용되는 오차 범위를 모른다는 점이다. 어느 정도 오차를 감당할 수 있는지 모르기 때문에 호들갑을 떨며 오차를 잡으려고 애쓰지만, 헛고생인 경우가 많다. 나 역시 그라인더를 돌리면서도 뭐 하러 이 짓을 하는가 싶었다. 4cm 오차도 해결된다는데.

무더운 날에 마스크와 보안경까지 써서 얼굴이 땀으로 찐득거렸다. 콘크리트 가루를 뒤집어쓴 채 3시간 동안 사투를 벌인 끝에 2.5cm 가까이 수평을 맞췄다. 땀에 푹 젖어 공구를 수레에 싣고 창고로 출발하는데 윗집 안주인께서 불렀다. "광복 씨, 낮에 빈대떡 부쳤는데 좀 드릴까요?" 냉큼 받아다 상을 펴고 매실주를 올렸다. 그리고 전을 한 점 입에 넣자마자 후회했다. 바보같이 왜 한 장만 달라고 했을까.

토대목으로 쓸 2×6in 방부목을 계획한 치수에 맞게 재단했다. 내벽은 하중을 많이 받지 않기 때문에 2×4in 방부목을 재단했다. 비가 내리다 그치기를 반복해서도 그렇지만, 한 공정을 끝내면 다음 공정을 공부하느라 공사는 굼벵이 기듯 진행됐다. 다음 공정을 공부할 때는 반드시 작업 계획서를 작성한다. 나름 꼼꼼하게 토대목 설치 계획을 짰지만, 기초 틀어짐과 계산 착오 등으로 몇 번 수정하느라 계획서가 누더기가 됐다.

재단한 토대목의 한쪽 면은 앵커볼트와 연결할 자리를 표시

토대목에 실 실러 부착, 앵커볼트 자리 구멍 뚫기

이중 밑깔도리

했다. 다른 면은 콘크리트기초에 닿을 곳이라 '실 실러'라는 방습지를 핸드 태커(손 타카)[17]로 붙인 다음, 미리 표시한 앵커볼트 자리를 드릴로 뚫었다. 기술자가 하면 금방 끝날 일이지만, 나는 구멍 뚫을 곳도 교재를 보면서 하느라 느렸다. 경량 목구조 건축은 앵커볼트의 거리, 못 박는 간격 등 구조의 하중을 버티는 힘과 관련한 사항은 꼼꼼하게 지침을 정해두고 있다.

단골 철물점에서 콘크리트 드릴을 빌렸다. 기초 위에 먹선이 제대로 그려졌는지 다시 치수를 재고, 그 치수를 당겼다 뺐다 하며 상황에 맞게 조정했다. 미리 뚫은 토대목 구멍에 맞춰 콘크리트기초를 드릴로 뚫고 앵커볼트를 박아서 토대목을 기초에 고정했다. 이때 토대의 수평이 중요하다. 수평이 낮은 쪽은 토대목 밑에 쐐기를 고여 수평을 맞췄다.

토대를 다 설치하고 토대목 위에 같은 크기 구조목으로 이중 밑깔도리[18]를 설치했다. 이중 밑깔도리는 한국 특유의 골조 구조다. 보일러 난방을 위해 기초 위에 XL 파이프를 시공하고 그 위에 방통[19]을 하다 보니 바닥 높이가 올라가는데, 그 높이와 맞추려고 토대 위에 이중 밑깔도리를 설치하는 것이다. 나는 보일러 난방을 하지 않는 대신 실내 작업을 할 때 바닥에 단열재를 채울 것이기 때문에 여전히 이중 밑깔도리가 필요하

---

17 건축용 스테이플러.
18 밑깔도리 아래, 즉 토대 위에 한 겹 더 설치하는 수평재.
19 '방바닥 통 미장'을 줄여서 방통이라고 한다.

다. 이중 밑깔도리 목재의 각 끝 부위는 토대목의 각 끝 부위와 엇갈리게 설치해야 구조적으로 튼튼하다. 이 작업도 마치고 토대목 밑에 쐐기를 고인 빈틈을 무수축 모르타르로 채웠다. 8월 19일까지 토대 설치 작업을 마쳤다. 벽체 세울 준비가 끝난 것이다.

그사이에 여러 벗이 정성을 보태줬다. 청주에서 변호사 일을 하며 나처럼 생태 농사에 관심이 많은 W씨는 생협에서 맥주 한 박스를 사 보냈다. 늘 정의와 사회 약자 편에 서는 신부님은 집 짓는 데 보태라고 후원금을 보내주셨다. 노동조합 활동을 하는 S씨는 짬을 내 찾아와 기력 보충하라고 영양제를 한 보따리 놓고 갔다. 토대목을 설치할 때 안성에서 민속품을 판매하는 Y·M 부부가 들러 이중 밑깔도리를 설치하고 돌아갔다.

아이가 태어나면 어릴 때 이웃의 관심과 정성이 쏠리는 법이다. 아이는 그 정성을 받아먹고 좋은 인격체로 성장할 텐데, 내 집은 갓난아이 아닌가. 벗들의 관심과 정성을 받아먹은 이 집은 무럭무럭 자라서 나중에 어떤 쓸모 있는 집이 될까?

갈수록 비 걱정

날이 후덥지근하더니 예보도 없이 소나기가 퍼붓고 지나갔다. 그런 날이 잦았다. 날씨에 민감해져서 애먼 소나기에 대고 푸념하는 일도 늘었다. 벽체를 세울 때가 되니 고민거리가 생겼기 때문이다. 나는 초보인데다 대부분 혼자 작업하므로 벽체를 세우고 천장 장선과 지붕을 올릴 때까지 오래 걸릴 것이다. 그 과정에서 비를 여러 번 만날 텐데, 콘크리트나 철골과 달리 목재는 비를 맞으면 안된다. 유독 자주 오는 비에 목재 속까지 젖으면 곤란하다. 여러 정보를 취합하니 경량·목구조로 건축할 때 비 대책이 있었다.

첫째, 전문 목수팀이 비 안 오는 며칠을 골라 벽체 세우고 지붕 올리고 지붕에 방수 시트 마감하는 것까지 해치운다.
둘째, 그래도 비를 피하기 어려우면 약간은 그냥 맞고 큰비는 방수포를 통째로 씌운다.
셋째, (드물지만) 나 같은 초보자가 직접 지을 때 집보다 큰 비닐하우스 같은 비 가림 시설을 설치한다.
넷째, 비 오는 대로 다 맞아도 큰 문제 안 된다. 오면 맞아라. (이런 주장을 하는 유튜버도 있다.)

목조 주택 공사는 보통 첫째와 둘째를 병행한다. 비 가림 시설은 큰 비용과 공력이 들어가니 포기하고, 그때그때 방수포를 씌우기로 했다. 그런데 이게 보통 일이 아니다. 길이 15m 방수포를 혼자 씌우기는 어림도 없는 일이라고 여러 사람이 겁을 줬다. 기초에 방수포를 두 번 덮었는데, 해보니 보통 일이 아니었다. 그러니 벽체와 지붕이 올라가면 혼자 어떻게 씌워야 하나 고민이다. 일주일 내내 비가 온다는 예보에 쉬면서 대책을 궁리하기로 했다. 답이 나오지 않는 생각에 집착해봐야 소용없다. 막걸리나 한잔하자고 냉장고 문을 열었다.

벽체를 세우다

장마가 걷히나 싶더니 가을장마가 닥쳤다. 8월 하순부터 9월 초까지 비가 주야장천 내렸다. 9월 4일, 벽체 작업을 시작했다. 벽체를 제작해서 토대에 세우는 일이다. M이 먼 길 찾아와 일손을 보탰다. M은 4년을 함께 일하며 그 와중에 노무사 시험에 합격해서 내가 운영하던 노무사 사무소를 인수했다. 그때 인연을 잊지 않고 세월이 지나도 한 번씩 들렀다. 사무소 운영을 그만둘 때, 나 자신만을 위해 달려온 8년 세월에 회한이 컸다. M을 향한 신뢰도 커서 〈길〉이라는 짧은 글을 시랍시고 써줬는데, 그는 액자로 멋지게 꾸며 사무실에 걸었다.

길

오로지 앞만 쳐다보고 숨이 가파르게 올라 / 고갯마루에 이르고 나서야 뒤를 보았다 당혹스럽게도 / 내가 길을 따라 오른 것이 아니라 / 나의 가는 모양대로 길이 / 제 몸을 한 굽이씩 풀어서 내어준 자국이 보였다 / 한데 몸을 내어주면서도 / 잠시 나를 놔둔 채 해찰을 부리다 돌아오기도 하고 / 영영 눈물 같은 샛길을 흘려보내기도 하고 / 때로는 / 간곡하게 에돌아간 자국이 보였다 / 사실은, 길이 제 몸을 내어주면서 / 오르막에 힘에 부쳐 나에게 통증을 호소하였던 / 자국인 것을 / 고갯마루에 이를 때까지 나는 알지 못하였다 벽체를 제작해 토대에 세워서 못을 박아 고정하려고 한다. 벽체는 일부씩 제작해 설치한다. 콘크리트기초에서 제작해야 토대에 올리기 수월하다. 내 형편없는 공간지각 능력은 잊을 만하면 나타나 한몫했다. 기초의 폭이 벽체를 제작하기에 좁아서 벽체 방향을 틀어 작업했는데, 그 계산을 못 하고 정반대 모양으로 만들었다. 왜 못총은 서둘러 쐈는지, 못을 다시 뽑느라 혼쭐이 났다. 땀깨나 빼고 수정한 벽체를 세워 토대에 일직선으로 올린 뒤 못을 박았다. 그 옆에 이어지는 벽체는 아래뿐만 아니라 벽체끼리 맞붙는 자리에도 못을 박아 고정했다.

M은 일머리가 꽤 좋다. 한 번 해보더니 다음에 뭘 준비해야 하는지 딱딱 알아서 챙겼다. 덕분에 벽체 절반을 하루에 올렸다. 못총이 워낙 무거운데다 시간이 흐를수록 '심리적 무게'가 보태졌다. 총을 쏘는 순간 진동도 컸다. 손목이 시큰거리고, 못총을 계속 사용하면 저렸다. 직업병이 괜히 생기는 게 아니다.

사흘 동안 비가 내렸다. 벽체를 일부만 세웠으니 방수포로 덮기도 어려웠다. 사람 심리가 묘하다. 목재를 덮어서 비를 피할 수 있을 때는 비가 올 때마다 조마조마했다. 조금 내릴 비라고 생각해 방수포를 덮지 않았다가 빗방울이 굵어질까 마음 졸이기 때문이다. 이번엔 벽체를 덮을 수가 없으니 사흘 동안 비를 맞혔다. 벽체가 쫄딱 젖었다. 처음엔 내 마음도 젖는 듯 속이 상했다. 그런데 비를 푹 맞고 나니 이상하게도 너그러워진다. 쪼그라든 그믐달이 보름달을 향해 차오르는 느낌이랄까, '까짓것 말리지 뭐' 하는 배짱도 생겼다.

이때부터 뇌도 편향적으로 작동한다. 하고많은 유튜브 동영상 가운데 "원래 건조목이라 비 맞아도 바짝 말리면 아무 문제 안 된다"고 설명한 대목만 머릿속에서 반복 재생하는 것이다. 까맣게 잊은 강의 한 토막도 되살렸다. "어느 정도의 비는 맞아도 괜찮아요." 사흘 내내 온 비가 '어느 정도의 비'에 해당하는지 모르겠으나, 자포자기 끝에 해탈했다!

N 형과 S씨가 1박 2일 내려왔다. 원래 쉬러 왔다가 짬을 내어 급한 일을 거들었다. N 형은 서울에서 비정규직 노동자를 지원하는 일을 한다. N 형과 함께 일하는 S씨는 록 밴드의 멤버로 공연 활동에도 참여하는 로커이자 기타리스트다. N 형은 꽤 오래전 노동조합에서 활동했다. 자고 나면 옆집 이웃이 정규직에서 비정규직으로 추락하던 시절이다. 기업이 비정규직을 집단으로 해고해서 몸살을 앓던 시절이기도 하다. N 형이 몸담은 회사는 계약 기간 만료를 이유로 비정규직 여성 노동자 수백 명을 집단 해고했다. 용역으로 전환하기 위해서다. 그 회사 노동조합은 비정규직 여성 노동자를 지키기 위해 파업했고, N 형은 파업을 이끈 지도부 중 한 명이다. 뉴코아백화점과 홈에버(현 홈플러스)의 집단 해고가 촉발한 이 투쟁은, 안정된 생활을 하던 정규직 노동자들이 쫓겨날 위험을 감수하면서 비정규직 노동자들과 함께 싸운 감동적인 사례다. 유명한 웹툰 〈송곳〉과 동명 드라마의 소재이기도 하다.

그때 노무사 사무소를 운영하던 나는 N이라는 사람을 알지 못했다. 내가 일하던 지역 홈에버 앞에서도 해고자 복직을 요

벽체 완성

구하는 집회를 한다기에, 노무사 사무소를 개업한 이래 처음으로 집회에 참석했다. 어디에 앉아야 할지 몰라 양복을 입은 채 쭈뼛거리다 잘 안 보이는 뒷자리에 앉았다. 초대받은 손님도 아니었다. 그런데 집회가 끝나갈 무렵, 사회자가 예고도 없이 나를 불러내 마이크를 건넸다. 그 순간의 당혹스러움이라니! 정신없이 몇 마디 한 가운데 측은지심이 기억난다. 사람의 기본이 되는 감정이 측은지심이라고, 짠한 것을 보면 연민을 느끼는 게 측은지심이라고, 내가 이 자리에 나온 것은 거창한 이유가 아니라 측은지심 때문이라고 말했다. N 형은 자신의 투쟁과 내가 미약하나마 이렇게 연결됐다는 사실은 모를 것이다.

N 형과 S씨가 벽체 세우는 작업을 거들고 떠난 뒤, 벽체 한쪽을 잘못 제작했다는 것을 알았다. 내 잘못이다. 셋이 작업한 동영상을 혼자서 되돌렸다. 못을 뽑고 벽체를 떼고 바닥에 눕히고 수정한 다음, 동영상을 앞으로 돌려 다시 일으켜 세우고 혼자 안간힘을 쏟아 기어이 토대에 올려서 고정했다.

9월 10일, 바깥 벽체를 끝냈다. 9월 12일, 실내 벽체도 끝냈다. 벽체 위에 천장 장선과 지붕 서까래를 지탱할 이중 위깔도리를 설치했다. 이제 벽체 작업의 마지막 순서가 남았다. 모든 벽체의 수직을 잡아서 고정하는 일이다. 사람 힘으로 어림없는 일이라, 도구와 요령이 필요하다. 그렇게 해서 잡힌 수직이 고정되도록 버팀목을 설치해야 한다. 주말마다 함께 일하는 아내와 기를 쓰고 수직을 맞췄다. 모든 벽체가 제대로 섰는지 수직을 확인하고, 벽체와 벽체의 거리를 쟀다. 가장 큰 차이가

5~7mm였다. 초보의 한계는 허용되는 오차 범위를 알 수 없다는 점이다. 더 잡히지 않으니 이 정도면 됐다고 멈출 수밖에.

마음이 조급해졌다. 큰비가 온다고 한다. 지금 상태로는 다시 비를 맞힐 수밖에 없다. 사람 심리가 꽤 변덕스럽다. 한때 비에 해탈한 마음이 원래대로 예민해졌다. 조금만 서두르면 방수포를 씌울 수 있을 거라는 기대가 생겼기 때문이다. 서둘러 천장 장선을 올리고 방수포를 덮기로 했다. 비를 조금이라도 덜 맞히려면 지붕 씌울 때까지 부지런히 일해야 한다. 마음은 벌써 천장 장선을 넘어 지붕으로 올라갔다.

그러다 '아서라, 차근차근…' 하며 들뜬 나를 다독였다. 마음은 천리를 가더라도 몸은 초보다. 몸을 쓰는 일은 머리나 마음이 아니라 몸이 주인이다. 그러니 마음이나 머리는 제멋대로 설쳐선 안 되고 몸에 맞춰 갈 수밖에 없다. 계획을 세워도 마지막엔 몸의 허락을 구해야 한다. 이를 건너뛰면 사달이 난다.

장선을 올리고 방수포를 씌우다

9월 13일, 천장 장선을 설치했다. 사전에 장선은 '마루 밑에 대어 마루청을 받치게 된 나무'라고 나온다. 보통 2층 바닥 장선은 2×8in가 넘는 목재를 사용한다. 천장은 바닥과 달리 하중을 많이 받지 않기 때문에 2×6in 목재를 사용했다. 장선이 있어야 벽체와 지붕이 바깥으로 벌어지지 않게 고정할 수 있다. 장선은 실내 천장 석고보드가 처지지 않도록 잡아주는 역할도 한다.

장선의 간격도 스터드 간격에 맞춰 24in를 유지했다. 이중 위깔도리에 장선이 놓일 위치를 표시했다. 이중 위깔도리는 벽체의 견고함을 유지하기 위해 벽체에 목재를 덧댄 것이다. 장선이 올라갈 자리는 기둥 역할을 하는 스터드 위에 맞춰야 아래서 든든하게 받쳐준다. 그러나 양쪽 벽체의 스터드가 일직선으로 마주 보지 않아 별수 없이 한쪽 벽체는 스터드 위에, 다른 쪽 벽체는 스터드와 스터드 사이 위에 장선이 놓이게 됐다. 몇 공정 뒤의 일을 내다보지 못하는 초보의 한계다. 장선 한쪽이 스터드 위에 놓이지 않았다고 큰 문제는 아니다. 이렇게 장선 하나를 올리고 이쪽저쪽 벽체를 오가며 '경사 못 박기'로 장선을 이중 위깔도리에 고정했다. 다시 장선 하나를 더 올렸다. 이 과정을 반복해 장선 작업을 마쳤다.

장선 완성

방수포를 씌우다.

보강 작업이 남았으나, 여기서 끝내야 했다. 큰일을 치러야 하기 때문이다. 여러 날 비가 온다니 방수포를 씌우기 시작했다. 15×10m 크기 방수포로 벽체와 천장 장선 전체를 덮으려는 것이다. 윗집 이웃께서 방수포 덮을 때 얘기하라고 했지만, 일단 혼자 해보기로 한다.

자신도 없이 일을 벌였다. 방수포 네 귀퉁이와 중간중간에 밧줄을 묶었다. 방수포를 펴서 벽체에 붙이고, 한쪽 밧줄을 장선에 얹히도록 걸었다. 사다리에 올라가서 밧줄을 최대한 당기고 장선에 묶어 임시로 고정했다. 옆으로 이동해서 같은 방법으로 임시 고정했다. 또 그 옆으로… 이렇게 같은 작업을 반복하면서 장선 전체를 덮을 때까지 방수포를 야금야금 당겨 고정했다. 시간이 걸렸지만 겁먹은 만큼 어렵진 않았다. 드디어 다 덮었다. 비가 많이 내리면 장선과 장선 사이에 방수포가 붕 뜬 부위가 빗물의 무게에 처질 수 있다. 팽팽하도록 당겨서 밧줄을 벽체나 큰 돌덩어리에 묶어 고정했다.

방수포 안으로 들어가 이 구석 저 구석 둘러보고 밖으로도 한 바퀴 돌아봤다. 이걸 혼자 해내다니! 집 짓는 일보다 대견했다. 나는 만족스런 표정으로 혼잣말했다. "움막 같구먼. 더 지을 것 없이 그냥 살면 되겠네."

다시 봐도 움막 같았다. 묘한 감정이 밀려왔다. 사람이 동굴에서 나와 집을 짓기 시작한 때가 있었을 것이다. 초기엔 조악한 움막이었을 테다. 그 시기는 한반도의 경우 대략 빙하기가 끝나가는 1만 2000년 전인데, 신석기시대와 농경 사회를 거치며 사람은 자기 손으로 집을 지어왔다. 1970년대만 해도 시골에서 집은 거기 살 가족이 마을 이웃과 함께 지었다. 인간은 공동체의 필요에 따라 동굴에서 나와 자기 손으로 집을 짓기 시작했다. 공동체가 해체되자 그 능력도 잃었다. 이제 시골이든 도시든 업자가 집을 짓는다.

마을 공동체가 해체되는 과정과 전문가 집단이 각광을 받는 과정이 묘하게 얽혀 있다. 예전의 마을을 생각해보자. 남편이 오늘도 술을 마셨다. 아내와 싸운다. 말소리가 커지고 손이 올라갈 태세다. 어린 자식들은 옆에서 불안에 떨고, 막내는 울음보가 터지기 직전이다. 아내는 울면서 막내를 업고 평소 형님이라고 부르는 옆집 아낙한테 간다. 그이가 애 엄마를 다독이는 동안 옆집 남편은 애 아빠를 찾아가 냉수 한 사발 건네고 "자네 술 먹고 이러면 되는가? 자식들 생각도 해야지" 훈계하면서 감정을 누그러뜨린다. 어린 자식들은? 이튿날 늦게까지 또래 친구들하고 평소보다 열심히 뛰어논다.

예전에 마을 사람들은 이렇게 살아왔다. 그것으로 상처 난 마음이 다 치유됐는지 모르나, 그렇게 서로 의지하고 보살폈다. 이제 마을 공동체는 해체됐다. 마을 공동체가 있던 자리는 심리 상담 전문가와 법률 전문가, 다른 전문가들이 차지했다. 집을 함께 지을 수 없다면 골병들면서 혼자 짓거나 전문가에게 맡겨야 할 것이다.

지구별에 터 잡고 사는 동물 중 거처를 스스로 마련하지 못하는 동물이 사람 말고 또 있을까? 인간의 손에선 스스로 집 지을 능력이 마법처럼 **빠**져나갔다. 불과 수십 년 동안 벌어진 일이다. 인간이 자기 손으로 집을 지어온 1만 년이 넘는 시간에 비하면 수십 년은 찰나일지 모른다. 그러므로 인간의 유전자에는 오랜 세월 집을 지어온 역사가 아로새겨졌을 것이다.

내가 산 증거 아닌가! 전구 하나 갈 때도 벌벌 떨던 이 손이 마치 실타래를 한 올 한 올 풀어내듯이 1만 년의 기억을 하나씩 되살려 집을 짓고 있지 않은가! 상상이 거창해졌지만 이런 가치 부여가 동기를 불어넣는 데도 꽤 요긴하다. 소심한 내 가슴이 잠시나마 웅장해진다.

부부가 함께 일한다는 것

아내는 주말마다 내려왔다. 도시에서 늘 바쁘게 살건만, 집을 짓고부터 주말마저 쉴 수 없게 됐다. 아내는 이른 아침에 옷가지며 찬거리를 바리바리 챙기고, 시내버스와 시외버스를 갈아타는 긴 여정을 거쳐 함양시외버스터미널에 도착한다. 나는 아내를 트럭에 태우고 25분을 달려 집으로 온다. 주말마다 아내가 오가는 데 여덟 시간이 걸린다.

아내는 집을 짓기 시작한 때부터 주 7일 근무를 한다. 닷새를 직장에서 일하고, 이틀은 나와 집을 지었다. 함께 땀 흘리고, 웃고, 다투고, 난관에 부딪치고, 그 난관을 해결하고… 그렇게 아내와 나는 같이 집을 지었다. '1+1=2'라는 수식은 적어도 집 짓는 일에는 적용되지 않는다. 둘이 함께 일하면 각자한 일을 합친 것보다 훨씬 많이 해낸다. 아내와 주말마다 같이일하면서 이 이치를 실감했다.

주중에는 대부분 혼자 일했다. 혼자 일하는 게 꼭 궁상맞진않다. 아무 간섭도 없이 느릿느릿 일하는, 그 진국 같은 맛을나는 사랑한다. 어차피 천천히 지을 테니까. 하지만 집 짓기가작은 일은 아니어서 혼자 일하면 자주 곤란을 겪는다. 옆에서누가 잡아주면 금방 끝날 텐데, 혼자 이렇게 해보고 저렇게 해보며 끙끙대다가 시간을 잡아먹는 경우가 한두 번이 아니다.

사고 날까 불안한 일도 생긴다. 이런 일이 마침 주말과 겹쳤을 때 아내가 오면 배로 반갑다.

그렇다고 아내와 늘 웃으며 일하는 건 아니다. 어느 날은 엄살떤다고 가시 돋친 말을 뱉었다. 주워 담을 수도 없어 눈치만 살피는 사이, 아내가 입을 다물고 눈물을 뚝뚝 흘리는데 그렇게 서러운 표정은 처음 봤다. 다른 날도 내 말이 발단이었다. 아내는 내가 놀았냐고 확 터뜨리더니 짐을 꾸려서 나왔다. 터미널까지 가는 25분 동안 우리는 아무 말도 하지 않았다. 주로 참을성 없는 내 입이 일을 만들었다.

소소한 다툼으로 생긴 냉랭함이 아내와 함께 땀 흘린 시간을 덮진 못했다. 땀 흘리고 밥상머리에 마주 앉아 나누는 따뜻한 밥 한 끼, 서로가 채워주는 막걸리 한 잔, 그 맛을 잠깐의 다툼이 어찌 이기겠는가!

주말마다 함께 일하는 패턴이 자리 잡자, 나도 요령이 생겼다. 혼자서 하기 어려운 일을 주말에 잡는 것이다. 평소보다 서둘러 주말에 함께 할 공정을 준비한다든가, 혼자 하던 일을 멈추고 둘이서 해야 할 작업을 아내와 했다. 이때는 필요한 자재와 공구를 갖추고, 할 일을 꼼꼼히 준비해야 한다. 함께 일하는 아까운 시간을 철물점 왔다 갔다 하는 데 허비할 수 없기 때문이다.

벽체를 세울 때부터 일손을 보태겠다고 찾아오는 벗이 늘었다. 그들도 대부분 주말에 온다. 이날은 일이 몰라보게 진척된다. 주말에 일손이 다녀가면 윗집 이웃께서 감탄한다. "언제 이렇게 올렸대?"

　이제 골조의 하이라이트, 지붕 뼈대를 올릴 차례다. '이걸 내가 해낼 수 있을까?' 솔직히 걱정됐다. 윗집 이웃께서도 내 불안한 마음을 자극하셨다. "지붕만이라도 목수한테 맡기는 게 좋지 않아요?" 그러나 지붕 뼈대 올리는 작업은 H·E씨 부부가 돕기로 한 상태다. 체면 때문에라도 물릴 수 없었다.

마룻대를 가로지르고 서까래를 올리다

비가 지루하게 내렸다. 요지부동인 빗속에 홀로 갇혔다. 빗
속에 갇히자 시간이 디디게 갔다. 빗소리가 귀마저 가뒀다.
아침을 반기는 새소리도, 나뭇가지를 흔들어대는 바람 소리
도 빗소리가 삼켰다. 그렇게 여러 날이 흘러서야 비가 잦아들
었다.

　추석이 왔다. 덕분에 열흘을 푹 쉬고 방수포를 걷었다. 천장
장선에 보강할 작업이 남았다. 실내 벽체 위에 천장 석고보드
를 지지할 못 자리를 만들었다. 장선 간격을 일정하게 유지하
고 지붕의 하중을 분산하는 지지대(스트롱 백)를 장선 중앙부
에 설치했다. 몇 가지 보강할 작업도 마쳤다.

　멀리서 일손 보태러 온다는데, 물 들어올 때 노 저으라고 주
말 하루와 이튿날 아침나절에 서까래까지 얹을 참이다. 그러자
면 단단히 준비해야 했다. 지붕 골조 작업은 '마룻대 세우기-양
쪽 서까래를 마룻대와 벽체에 고정하기-서까래가 하중을 지
탱하도록 보강하기-서까래에 OSB 합판을 설치하고 방수 시
트 부착하기' 순서로 진행할 것이다. 순서는 단순하지만, 공학
적인 계산이 필요하고 중간중간에 할 일이 많다.

　벽체 한가운데를 가로질러서 올릴 마룻대는 벽체와 벽체의
거리보다 길다. 좌우 벽체 밖으로 돌출한 처마가 있기 때문이

다. 그래서 마룻대 끝에 매달릴 '플라이 서까래'[20]까지 포함해 마룻대 길이를 계산한 뒤, 2×10in 목재를 절단했다. 2×12in 목재를 많이 사용하는데, 작은 집이라 2×10in 목재를 선택했다. 계획하는 지붕물매는 30°다. 경사각이 꽤 크다. 초보인 나를 내가 믿지 못하므로 빗물이라도 빨리 흘러 지붕이 새지 말라는 바람이다. 마룻대 높이를 계산해서 거기에 맞는 받침대를 제작했다. 마룻대는 앞뒤 벽체의 중앙에 위치하므로, 마룻대에서 벽체 앞뒷면까지 수평거리와 지붕물매 30°는 주어진 상태다. 이때 벽체 이중 위깔도리에서 마룻대까지 높이는 얼마인가? 이 계산은 목조건축 전용 계산기의 몫이다.

경량 목구조 집을 지으려면 전용 계산기가 필요하다. 없어도 가능하겠지만, 1분 걸릴 일이 한 시간 걸릴지 모른다. 계산기가 있어도 원리는 알아야 한다. 이때 피타고라스의정리, 사인, 코사인, 탄젠트 등 학교 다닐 때 공부한 수학 공식이 튀어나온다. 나는 수학이 싫었다. 내 마음이 그런데 수학이라고 나한테 거저 점수를 줄 리 없다. 꼴도 보기 싫던 수학 공식을 이나이에 쓰게 될 줄이야.

학창 시절, 속칭 '일류 대학'에 가려면 수학을 잘해야 했다. 수학 점수가 떨어지면 다른 과목을 어지간히 잘하지 않고는 일

---

20 집을 정면에서 보면 양쪽 지붕이 벽체 밖으로 튀어나왔다. 경량 목구조 건축에서 이것이 가능한 까닭은 벽체가 아니라 마룻대에 고정되어 공중에 떠 있는 플라이 서까래 때문이다.

류 대학에 가기 어려웠다. 공부 좀 한다는 친구들은 기를 쓰고 수학에 매달렸을 텐데, 그 친구들이 원하는 대학에 가고 사회에 나와 수학 공식을 쓸 일이 있었을까? 이공계가 아니면 없을 것이다. 역설적이게도 그 어려운 수학 공식을 오래도록 써먹는 이는 가난한 친구들이다. 가난한 친구들은 공부를 포기하고 수학도 일찌감치 접었는데, 일찍 사회에 나와 누구는 공장에 취업해서 선반과 밀링을 잡고, 누구는 건축 일을 배워 도면과 망치를 잡았다. 이들에게 피타고라스의정리, 사인, 코사인, 탄젠트는 책 속이 아니라 먹고사는 일에 있다.

서까래도 만들어야 한다. 서까래는 마룻대보다 한 치수 작은 2×8in 목재로 샘플 한 개만 미리 재단했다. 괜히 다 만들었다가 틀리기라도 하면 난감할 것 같아서다. 서까래 역시 양쪽 끝을 지붕물매에 맞춰 절단해야 한다. 벽체에 얹을 서까래 부위는 각도와 길이를 따로 계산해서 따냈다. 따내지 않으면 벽체에 편편하게 얹지 못하기 때문이다. 그 요령도 복잡한 계산법이 있어 교재를 봐야 했다. 이렇게 샘플을 만들었으나, 현장에서 들어맞을지 자신하기 어려웠다.

9월 26일, 서둘렀다. 나와 아내, H·E씨 부부까지 넷이 아침부터 일할 채비를 마쳤다. H씨는 장애인 보호 작업장에서 일한다. 책임감이 강하고 솜씨가 좋아서 궂은일과 뭔가 만들어야 할 일이 끊이지 않는다. E씨는 가정 폭력 피해 여성을 지원하는 여성 인권 활동가다. 하고 싶은 일을 하게 돼 좋다면서 활짝 웃어 보였다. 중증 장애인과 가정 폭력 피해 여성을 대하

마룻대를 올린 모습

는 일이 어찌 고단하지 않을까. 주말엔 여기 올 게 아니라 자기 심신을 돌봐야 할 처지다. 금쪽같은 휴일을 통째로 내서 먼 길 와주니 고맙고 미안했다. H씨는 목공 실력도 전문가 수준이다. 몇 달 전에 직접 제작한 테이블 쏘를 선물하기도 했다. 이날 서까래 재단은 H씨가 맡기로 했다.

먼저 천장 장선에 OSB 합판을 얹어 나사못으로 고정했다. 임시로 설치한 OSB 합판은 안전하게 작업할 수 있는 발판 역할을 한다. 합판을 장선 위로 올려주느라 여자들도 힘을 보탰다. 천장 장선 중앙을 가로질러 마룻대 받침대 네 개를 마룻대 길이에 맞게 설치했다. 이때 수직이 유지되도록 임시 버팀목을 댔다.

받침대 위로 마룻대용 목재를 올려 고정했다. 마룻대가 벽체 좌우를 가로질러서 저 앞 백두대간 능선과 마주 보며 섰다. 고작 11.3평짜리 집 가지고 호들갑 떠는 게 남우세스럽지만, 내 눈에는 마룻대가 장하고 늠름했다. 잠시 울컥했다. 왜 울컥했는지 생각할 겨를도 없이 연달아 못을 박으며 머릿속은 실수할까 긴장 상태였다. 물 들어올 때 배 띄웠으니 노를 저어야 한다. 마룻대에 북어 대가리를 매달고 상량식을 한다지만, 그럴 겨를이 없었다. 보강 작업은 나중에 혼자 하더라도 서까래는 사람들이 있을 때 끝내야 한다.

서까래 끄트머리가 붙게 될 위치를 마룻대에 표시했다. 서까래는 마룻대를 사이에 두고 앞뒤에서 붙이므로 마룻대 역시 앞뒤에 표시했다. 미리 제작한 서까래 샘플을 맞춰봤다. 생각처럼 맞지 않아 몇 번 수정했다. 각이 맞을 때까지 조금씩 잘라내서 맞아떨어지자, 그 샘플을 기준으로 서까래를 재단했다. 아뿔싸! 계속 잘라내다 보니 서까래가 원래 계획한 치수보다 줄었다. 덩달아 앞뒤 처마도 짧아지게 생겼다. 물론 나중에 데 크를 설치하고 데크 위에 별도로 지붕을 올릴 생각이지만, 그 건 앞 처마 얘기고 뒤 처마는 꽤 작아질 것 같았다.

H씨가 재단해서 서까래를 올려 보내고 본인도 올라왔다. 나는 서까래 앞 끄트머리를 마룻대에 붙여서 못총을 한 방 쏘아 고정하고, 서까래 뒷부분은 천장 장선에 붙여 또 한 방 쏘고, H씨가 다시 내려가 서까래 하나를 재단하는 동안 지붕 위에서 여기저기 못을 박았다. 각이 좀 안 맞아 틈이 약간 벌어진 곳도 있지만, 이 정도쯤이야 하고 눈감으니 일사천리로 진행됐다. 마지막으로 양쪽 끝 플라이 서까래를 달았다. 플라이 서까래는 기댈 벽체가 없으니 마룻대에 매달려 공중에 붕 뜬다. 2×6in 목재를 서까래끼리 고정해 마룻대와 함께 플라이 서까래를 붙잡도록 했다.

하루를 일하고 다음 날 오전까지 채운 끝에 지붕 골조 작업 중 H씨 부부와 함께 할 일은 다 끝났다. 마룻대 양쪽으로 늘 어선 서까래를 보니, 명령이 떨어지면 힘차게 진격할 태세인 거북선 노 모양새가 아닌가! 처음으로 지붕 골조를 세운 감격에 벅차올랐다.

일이 끝나고 여러 감정이 밀려드는데, 문득 중요한 절차를 빠뜨린 것을 알았다. 마룻대 올릴 때 상량식은 생략하더라도 우리 가족의 소망을 적어야 했다. 급히 아내를 찾았다. "여보!

서까래 완성

저기 올라가서 마룻대에 하고 싶은 얘기 써봐. 마룻대 얹을 때 썼어야 하는데, 지금이라도 써야지." 아내가 사다리를 타고 올라갔다. 나도 뒤따라갔다. 아내는 잠시 생각에 잠겼다가 한 글자 한 글자 써 내려갔다. 나도 긴장했다. 아내가 몸을 비키자 또박또박 쓴 글자가 보였다.

'멋지고 행복하게 자~알 살자!'

어떤 사람은 집 짓는 과정에서 어쩌면 최고조일 수도 있는, 그 감격스러운 순간에 비하면 너무 싱거운 문구를 쓴 것 아니냐 하실 테지만 그렇지 않다. 마음이 격정적일수록 한없이 솔직하고 담백하게 드러나는 법이다.

시간은 다른 속도로 흐른다

함께 일한 이들이 떠나자 현장은 고즈넉해졌다. 며칠 동안 서까래 보강 작업을 했다. 혼자서 느릿느릿 일했다. '혼자'와 '느릿느릿'은 닮은 구석 하나 없지만, 뜻밖에 잘 통한다. 그래서 두 단어는 자주 붙어 다닌다. '여럿이 느릿느릿'이란 표현은 들어보지 못했다. 왜 '여럿이'는 '빨리빨리'와 어울리고, '혼자'는 '느릿느릿'과 어울릴까? 여럿이 있을 때와 혼자 있을 때 시간이 다른 속도로 흐르기 때문이다. 삶을 충만한 느낌으로 채우려면 여럿이 있는 시간도, 혼자 있는 시간도 필요하다.

서까래 아래쪽 끄트머리, 그러니까 벽체 위에 놓인 서까래와 서까래 사이에 일일이 그 치수만큼 2×4in 목재를 재단해서 보막이(블로킹)를 설치했다. 강한 바람이 불거나 지진이 났을 때 지붕이 들뜨는 것을 막기 위해서다.

마룻대를 사이에 두고 마주 보는 서까래 양쪽도 2×4in 목재를 재단해서 못 박아 결속했다. 이것을 '서까래 타이'라고 한다. 서까래가 벌어지는 것을 막는 보강물이다. 내 집은 천장 장선이 서까래와 같은 방향이고, 장선 끝과 서까래 끝을 결속했으니 서까래가 벌어질 염려는 없다. 그러나 서까래 간격이 16in가 아니라 24in여서 보강할 수 있는 부분은 보강하려는 것이다.

보 막이

서까래 타이

비가 제법 온다고 해서 지붕 골조 위로 방수포를 덮었다. 천장 장선을 덮을 때와 마찬가지로 혼자였다. 20대 시절에 날일을 나간 적이 있다. 비가 와서 공치는 날에는 '데마치 났다'고 했다. 일을 못 해서 아쉬운지, 좋아서 그런지 모르겠으나, 나는 "데마치 났네, 데마치 났네" 중얼거리면서 지붕 골조에 방수포를 덮었다.

시끌벅적한 OSB 합판과 방수 시트 작업

살면서 좋은 사람들한테 빚을 많이 졌다. 돌이켜 보니 그 빚을 제대로 갚아본 적이 없다. '사회에 쓸모 있는 일을 해서 갚는 셈 치지 뭐' 하고 눙치며 살아왔는데, 못된 버릇이다.

노무사 사무소를 떠나 비영리단체를 개소할 때 선후배들이 돈을 모아 복사기를 선물했다. 몇 년 지나 중소기업 밀집 지역으로 파견 가서 같은 성격의 비영리단체를 설립했는데, 그때도 좋은 복합기를 선물 받았다. 비영리단체의 상담과 지원을 통해 적잖은 노동자가 권리를 찾았고 부당한 대우가 개선됐다. 그 노동자들과 얼굴도 이름도 내세우지 않고 기꺼이 복사기와 복합기를 후원한 이들은 서로 알지 못하면서 인연을 맺은 셈이다. 고마움을 마음에 둔 채 갚지 못하고 세월을 보냈다. 그때 정성을 보탠 이들 가운데 몇몇이 일손을 도우러 왔다. 그러니 묵은장 꺼내듯 옛날얘기를 떠올리는 것이다.

10월 2일, 이틀 동안 할 일을 정했다. 지붕 서까래 위에 OSB 합판을 설치한 뒤 방수 시트를 덮는 작업이다. 방수 시트를 덮으면 비로소 지긋지긋한 비 걱정을 던다. Y·M 부부와 J가 합류해 우리 부부까지 다섯이 작업하기로 했다.

이들은 안성과 천안에서 왔다. 자주 보진 못해도 20대부터

서까래 위에 합판 설치하기

겪은 터라 알 것 다 아는 사이, 1년 후배지만 같이 늙어가는 벗이다. 편의점 운영하면서 모아둔 이야기보따리를 좋은 글로 풀어놓는 G 후배는 친구 M 편에 빵을 한 보따리 보냈다.

Y · M 부부는 민속품 전시·판매장을 운영하면서 20년 넘게 어지간한 것을 직접 만들고 고쳐왔다. 장비를 잘 다루고 일을 할 줄 아는 사람들이다. J는 남 돕는 일에 제 일처럼 나서는 성격이어서 경험이 많고, 눈치가 백단이라 일머리가 좋다. Y · M 부부가 OSB 합판을 재단해 올려주면 나와 J가 지붕에서 설치한다.

지붕물매는 30°를 예상했는데 32°가 됐다. 맨몸으로 올라서기 부담스러웠다. 다행히 예전에 쓰던 암벽 장비가 있었다. 추락을 막아줄 8자 하강기와 하니스(안전벨트)를 착용하고 용마루에 짧은 밧줄을 걸었다. 지붕에서 치수를 불러주면 밑에서 재단해 올렸다. J가 주로 합판을 잡아주고, 나는 못총으로 서까래에 합판을 고정했다. 이때 합판과 합판 사이에 '합판 클립'을 끼워야 한다. 합판이 수축하거나 팽창할 때 서까래 간격이 합판보다 커져 합판이 꿀렁거리는 것을 막기 위해서다.

건축주가 안전 장비까지 착용했으니, 위험한 일은 당연히 내 몫이어야 한다. 나는 그럴 마음이지만, 겁이 많고 굼뜨다. J는 겁 없고 날랜 것도 모자라, 성질까지 급하다. 내가 하는 양이 굼뜨고 답답하니 J가 위험한 데 올라서기 일쑤였다. 일이 빠르게 진행된 건 전적으로 이날 함께 한 벗들 덕분이다.

합판을 서까래에 고정할 때 '경사 못 박기'는 하지 말아야 한

방수 시트 얹기

다. 어쩔 수 없을 때는 반드시 망치로 때려서 경사진 못 머리가 합판 위로 튀어나오지 않도록 해야 한다. 그러지 않으면 방수 시트까지 시공한 뒤에 못 머리가 방수 시트를 뚫고 나오기 때문이다. 제일 꼭대기인 용마루 쪽 중앙에는 약간 틈을 남겼다. '용마루 벤트'[21]를 설치할 텐데, 천장의 공기를 배출해서 습기가 차지 않도록 하려는 것이다.

산촌체험관은 밤이 깊도록 시끌벅적했다. 술이 오르자 한 사람은 노래한다고 소리를 질러대고, 부인 되는 한 사람은 "내가 죽겠어, 내가 죽겠어"를 반복했다. 평소 시끄러운 또 한 사람은 쥐 죽은 듯 조용했는데, 알고 보니 자다 깨다 했다. 나는 술기운을 빌려 바이올린을 여러 곡 연주했다.

이튿날 지붕 OSB 합판에 방수 시트를 얹었다. 지붕 작업이라 술이 덜 깼으면 어떡하나 걱정했는데, 프로들이라 술이 덜 깨서 안 올라간다며 정색을 하는 바람에 한참을 기다렸다. 프로야구 마무리 투수가 공 여섯 개 던지려고 한 시간 워밍업 하듯이, '진상' 프로들 역시 술 깨는 데 걸린 시간이 방수 시트 얹은 시간보다 몇 배 더 걸렸을 것이다. 그래도 마무리는 일사천리였다. 방수 시트 접착 면을 합판에 붙이고, 군데군데 핸드 태커를 쐈다. 이 일도 혼자 했으면 애먹었을 게 뻔하다. 경사가 급해 혼자선 쉽지 않은 일이다. 마침내 나는 모진 비에서 해방됐다.

---

21 용마루의 공기구멍을 덮어 공기는 통하게 하면서 벌레나 빗물을 막아주는 장치.

페시아와 플래싱, 아내와 나의 처지가 역전되다

집 짓는 일에도 리듬이 있다. 그 리듬은 마치 큰 파도가 지나면 여운처럼 이어지는 잔물결과 같다. 혼자 감당하기 어려운 일이 이따금 생긴다. 그때는 여럿이 모여 큰 파도가 몰아치듯 우당탕 해낸다. 그러고 나면 큰 파도가 남긴 잔물결처럼 혼자서 몇 날 며칠을 꼼지락거리다가 주말이 온다. 주말이면 아내와 둘이 일하며 속도가 좀 붙는다. 그리고 다시 날을 잡아서 여럿이 시끌벅적 큰일을 치르면 집은 몰라보게 달라진다. '내 손으로 집 짓기'는 나도 모르는 사이에 최적화된 리듬을 타고 있었다. 산골에서 내 손으로 집을 짓는다고 하면 어떤 이들은 '나 홀로 고독한 성을 쌓는 것'이라고 지레짐작하는데, 그렇지 않다. '내 손으로' 짓되, '어울려' 짓는다.

10월 10일, 페시아fascia(처마널)를 설치했다. 목조 주택은 비 맞는 부위를 최대한 가리는 장치가 있다. 페시아는 서까래 아래쪽 처마 끝에 설치해서 비를 가려주는 긴 판재다. 준비할 자재와 공구는 페시아 보드, 전동 드라이버와 나사못, 페시아 보드를 절단할 그라인더, 외장용 수성 실리콘, 수성페인트다. 이번 공정의 미션은 길이 3m 안팎인 페시아 보드를 서까래 끝에 고정하고 나사못을 죄는 작업을 혼자 해내는 것이다.

접이식 사다리 두 개를 페시아 보드 길이에 맞춰 배치했다.

페시아 보드 설치

그중 페시아 보드 한쪽 끝이 얹힐 사다리는 높이를 서까래 끝단과 비슷하게 조절하고, 최대한 수평을 맞추기 위해 사다리에 자재까지 얹었다. 페시아 보드 한쪽 끝을 그렇게 수평을 맞춘 사다리에 얹었다. 나는 다른 쪽 끝을 잡고 사다리에 올라가 서까래 끝단에 붙인 상태에서 전동 드라이버로 나사못을 죄었다. 이 짧은 시간이 죽을 맛이었다. 말은 간단한데 자세가 나오지 않았고, 나사못이 두께 12mm 페시아 보드를 잘 뚫지 못했다. 그 시간 동안 허리를 뒤틀고 몸을 외로 꼰 채 용써야 했다.

서까래 끝부분이 조금씩 들쑥날쑥해서 페시아 보드가 덩달아 울퉁불퉁하니 남이 볼까 창피했다. 눈여겨보지 않으면 알아보기 어려운 게 그나마 다행이다. 높낮이도 서까래마다 약간씩 달라 OSB 합판과 페시아 보드 사이가 뜬 곳도 있었다. 이 틈으로 벌레가 들어가 천장 안에서 서식할 수 있다. 우레탄폼으로 막든지 해야 한다.

둘이 하루에 할 일을 이틀 동안 자세를 이리저리 바꿔가며 용써서 겨우 앞뒤 처마를 걸었다. 경사진 양옆 처마는 위험해서 아내와 둘이 설치했다. 마지막으로 페시아 보드가 만나는 이음매를 실리콘으로 막고 수성페인트를 칠했다. 이때 실리콘도 수성을 사용했어야 하는데, 몰라서 유성을 사용하니 그 부위에 페인트가 잘 먹지 않아 여러 겹으로 칠해야 했다.

10월 17일, 산골 마을 아침 기온은 −2℃로 내려갔다. 수돗가 대야에 담긴 물이 얼었다. 이제 플래싱flashing(비덮개) 공정이다. 빗물이 지붕 위로 떨어지면 처마 끝에서 안쪽으로 스며들 수 있다. 이를 막기 위해 처마 끝을 'ㄱ 자형' 철판으로 감싸는데, 그 비막이 장치를 '지붕 플래싱'이라고 한다. 이 작업을 마쳐야 지붕에 아스팔트 싱글을 올릴 수 있다.

나는 여기서도 초보 티를 냈다. 지붕 플래싱을 설치하고 나서 방수 시트를 덮어야 하는데, 이 공정을 거꾸로 한 것이다. 지붕 플래싱에 아스팔트 싱글을 덮기 때문에 봐주고 넘어갈 수도 있지만, 순서는 잘못됐다. 유튜브를 보니 전문가도 나처럼 하는 사람이 제법 있었다. 그들이 이런 상식적인 것을 모를 리 없다. 아마 작업 편의를 위해서 그랬을 것이다.

갈수록 초보의 한계가 두드러졌다. 세밀한 공정이 이어지기 때문이다. 다음 공정까지 충분히 이해를 못 하고 작업하니 그때 가서 앞에 한 일을 수정하느라 두 번 손이 가기도 한다. 지금도 그렇다. OSB 합판이 양옆 처마 밖으로 빠져나와 플래싱 작업하기가 곤란해서, 삐뚤삐뚤한 곳은 톱으로 잘라 맞췄다. 게다가 OSB 합판 작업할 때 경사 못 박기를 한 자리의 못 머리가 방수 시트를 뚫고 나왔다. 망치로 못 머리를 치고 그 자리에 방수 시트를 새로 덮었다. 이렇게 수정 작업을 끝내니 오전이 지나갔다.

플래싱 작업은 오후부터 시작했다. 옆에는 다행히 아내가 있었다. 골조 공사가 끝나니 갈수록 일이 섬세해졌다. '똥손'인 나와 천양지차로 아내는 섬세하고 정교하며, 게다가 참을성도 있었다. 아내는 줄곧 나의 보조자이자 심부름꾼 역할을 했는데, 플래싱 작업을 하면서 처지가 역전됐다.

플래싱 설치 완성

처마가 꺾이는 부분에서는 거기에 맞춰 플래싱 철판의 홈을 따고 꺾어야 한다. 이때 철판을 어느 방향으로, 어느 각도로, 어느 길이만큼 따느냐가 중요하다. 역시 공간지각 능력의 영역일 것이다. 나는 유튜브를 몇 번이나 돌려봤지만, 플래싱 철판 하나를 여기저기 잘라서 너덜너덜 못 쓰게 만들었다. 그때 아내가 함석가위를 가져가더니(빼앗더니), 직접 시연해 보였다. 그것으로 끝났다. 오후 내내 아내는 연필을 귀에 꽂고 한 손에 함석가위를, 다른 손에 철자를 잡았다.

나는 설치 작업을 했는데, 아내는 그것도 성에 안 차는지 자꾸 간섭했다. 그렇게 앞뒤와 양옆 모든 처마의 플래싱 설치 작업을 마쳤다. 다행히 아내의 잘난 '손' 덕분에 작업은 무탈하게 끝났고, 나는 약간 떨떠름했다. 이제 지붕 작업의 클라이맥스, 아스팔트 싱글이 남았다.

잃어버린 것에 대하여

몇 해 전만 해도 내비게이션을 사용할 줄 몰랐다. 스마트폰에서 앱을 내려받기도 어려웠다. 디지털 문화를 도무지 따라가지 못했다. 먼 길을 갈 때는 인터넷 지도 검색창에 들어가 조각조각 출력해서 챙겼다. 문제는 내 공간지각 능력으론 지도 보기도 힘들다는 데 있다.

어느 해 여름에서 가을로 넘어갈 무렵, 지방도로를 따라 목포에 가다가 함평에서 길을 잃었다. 차를 세우고 쭈그려 앉아 밭일하시는 할머니께 길을 여쭸다. 할머니는 끄으응 힘을 주고 허리를 펴더니, 언제 허리가 아팠냐는 듯 호미를 기운차게 휘저으셨다. "그랑께 말이요이, 쩌어짝으로 가가꼬 말이요이, 쩌어짝 글고 저어어짝으로 가시요이." 쩌어짝으로 간다고는 했는데 그러다 또 길을 놓치고 말았다.

내 경험으로 시골에서 맘 편하게 길을 물어볼 사람은 쭈그리고 앉아 밭일하시는 할머니다. 또 길을 여쭸더니 굽은 허리를 밀어 가슴을 쫙 펴신, '노련한 노지휘자'의 손을 따라 다시 호미가 너울너울 춤을 춘다. "아따 어찌까이, 잘못 와부렀소이. 욜로 다시 가가꼬 말이요이, 조오짝으로 길이 안 보이요, 요짝 말고 쪼오짝으로 가시요이. 그짝으로 쭈욱 가면 나올 거시요."

이제 더는 이런 풍경을 볼 수 없다. 나도 스마트폰에 앱을 깔았기 때문이다. "경로를 이탈했습니다. 500m 앞에서 유턴하시기 바랍니다." 앱을 쓸 줄 아니 가속이 붙었고, 가속이 붙자 관성이 생겼다. 스마트폰을 쳐다보는 시간이 늘었다. 스마트폰에서 정보를 얻고, 스마트폰이 가르쳐준 대로 문제를 해결했다. 내가 집을 지을 수 있는 것도 인터넷과 유튜브 덕이 크다. 이제는 페이스북에 집 짓는 얘기를 올려서 일손 '호객'도 할 줄 안다. 스마트폰에 '불복종'하던 나는 스마트폰에 맛을 들인 뒤 점점 더 스마트폰에 의존하게 됐다. 스마트폰을 보다가 잠이 들고, 스마트폰을 더듬으면서 잠이 깨기도 한다. '모든 것이 잘되었다. 투쟁도 끝났다. 나는 스마트폰을 사랑했다.'[22]

그런데 내 손으로 집을 짓다 보니, 집을 짓는 주인은 스마트폰이 아니라 '몸'이고 '손'인 현실을 깨닫는다. 제아무리 날고 뛰어도 스마트폰이 망치를 들 수 없다. 죽었다 깨어나도 지붕을 오르락내리락할 수 없다. 몸과 손을 쓰지 않으면 집 짓는 일이 한 발짝도 나아갈 수 없다. 스마트폰에 맞춰진 몸과 손을 집 짓는 일에 맞도록 재구성해야 한다.

내 손으로 집을 지어가면서 다시 아날로그 감성을 찾아가는 중이다. 장갑을 벗었을 때 손에 닿는 나무는 까슬까슬하면서

---

22 조지 오웰의 대표작 《1984》의 마지막 문장을 차용했다. "그러나 잘되었다. 모든 것이 잘되었다. 투쟁도 끝났다. 그는 자신을 이긴 것이다. 그는 빅 브라더를 사랑했다."

도 부드럽고, 서늘하면서도 따뜻하다. 아침저녁으로 차가워진 바람이 뺨을 훑고 지나갈 때, 일에 열중하다 문득 고개를 젖힌 순간 파란 하늘이 눈에 꽉 찰 때, 굳게 닫힌 감각의 문이 활짝 열린다. 내 손으로 집을 지어가면서 지난날 함평 들판에서 본 할머니들의 너울너울하는 호미 춤사위 같은, 다채로운 느낌과 감각을 나도 모르는 사이에 키운 모양이다.

깊어가는 가을, 지붕 싱글 작업

아스팔트 싱글 전용 못총을 준비했다. 루핑 못이라는 전용 못도 필요했다. 못에 미세한 나사선이 있어 합판에서 빠져나오기 어렵고, 머리는 빗물을 막기 위해 넓고 납작하다. 지붕 마감재는 비교적 저렴한 아스팔트 싱글 가운데 내 눈에 예뻐 보이는 이중 싱글[23]을 선택했다.

10월 18일, 50m 자일과 80ℓ 배낭, 암벽 장비를 꺼냈다. 경사각이 큰 아스팔트 싱글 작업을 하기 위해서다. 지붕 뒷면에 볕이 먼저 드는 곳부터 시작했다. 차를 집 앞 적당한 곳에 세우고, 자일을 지붕 위로 넘겨서 한쪽 끝을 차에 잡아맸다. 이 집터는 겨울로 갈수록 볕이 늦게 드는 단점이 있다. 10월 하순엔 10시가 돼야 볕이 든다. 그전에는 이슬이나 서리 때문에 지붕에 올라설 수 없다. 그만큼 하루 작업 시간이 짧아졌다.

지붕 하단부 작업은 'A 자형' 사다리를 길게 뽑아 그 위에서 했다. 지붕 한쪽 맨 아래 열에서 시작했다. 맨 아랫면은 일반 싱글을 사용한다. 일반 싱글 윗면은 잘라내고, 아랫면을 처마 플래싱에 맞춰 가로로 여러 장 붙였다. 그런 다음 이중 싱글

---

23 싱글 두 장을 붙여 좀 더 견고하고 두꺼우며, 바람에 쉽게 날아가지 않고 입체감 있는 느낌을 준다.

지붕 싱글 작업

한 장을 일반 싱글에 덮고 못을 박았다. 그 위로 조금 작게 자른 이중 싱글을 아래 이중 싱글에 박힌 못을 덮어 붙였다. 그 위에 좀 더 작게 자른 이중 싱글을 다시 아래 싱글에 덮어서 계단식으로 올라가면 제일 작게 자른 싱글이 얹힌다. 1차 작업을 마쳤다. 다시 아래로 내려가 이중 싱글을 한 장씩 붙이며 계단식으로 올라가면 1차 작업 마지막 싱글과 만난다. 이 과정을 반복해 지붕 한쪽 면을 채운다.

지붕 위쪽을 작업할 때는 싱글 여러 장을 넣은 배낭을 메고 자일을 8자 하강기에 걸어 추락 방지 수단을 확보한 뒤 지붕 맨 위로 올라갔다. 정통 암벽 장비를 갖추고 배낭을 멘 모습이 삼각산 인수봉이나 설악산 장군봉쯤 올라갈 태세건만, 내 발길이 닿을 곳은 높이 4m 지붕이다. 이 흥미로운 부조화는 마을 사람들에게 구경거리였을 것이다. 한 이웃은 내 꼴을 보며 "생전 처음 보는 광경"이라 했고, 다른 이웃은 "TV에 나올 장면"이라고 했다. 긴장된 순간에도 웃을 수 있었다. 지붕에 올라서니 호연지기가 생겨 이웃들의 말 한마디 한마디가 덕담으로 들렸기 때문이다.

싱글을 용마루 위에 임시로 걸쳐놨다. 조금씩 이동하면서 커터 칼로 적당한 크기로 자르고, 못총을 쏘아 고정했다. 못총은 절대 경사 못 박기를 해선 안 된다. 뾰족하게 기울어진 못 머리가 싱글을 뚫기 때문이다. 한 작업이 끝나면 내려와 사다리로 오르고 내리기를 반복했다. 골병들 일이다.

싱글 겉면의 돌가루 때문에 몇 번 미끄러졌다. 자일이 없었다면 3~4m 추락했을 것이다. 꽤 열심히 산과 바위에 다닌 시절이 있었다. 자일 덕분에 목숨을 건지기도 했다. '암벽등반'하면 거친 근육질과 생명을 건 익스트림 스포츠를 떠올리기 쉽지만, 바위에 오르는 일은 의외로 섬세하다. 이를테면 바위에는 생각보다 많은 생명이 살아간다. 바위틈에 풀이 나 있다. 풀은 훅 불면 휘청거릴 듯 자잘한 꽃을 매단 채 불과 몇 뼘 뒤에 있다. 완고해 보이는 바위틈으로 풀씨 하나가 뿌리를 내린 것이다. 그러니 눈앞의 여린 풀 한 포기는 겉보기와 딴판으로 얼마나 강한가. 생명 활동은 일방적이지 않다. 완고할 것 같은 바위가 제 속의 여린 곳을 풀씨에게 내준 것이다. 생명은 자기 힘으로 태어나고 살아가지만, 동시에 함께 태어나고 살아간다. 내 손으로 집을 짓지만 어울려 짓는 것처럼 말이다.

혼자서 북 치고 장구 치느라 일은 고된데 진도가 나가지 않았다. 그나마 여름이 아니라 다행이었다. 도중에 두 번을 빼먹고 넘어가기도 했다. 지나고 보니 구멍이 뻥 뚫렸는데, 뜯어낼 엄두가 안 났다. 유튜브는 이럴 때 어떻게 '땜빵' 하라고 알려주지 않는다. 알려주는 순간, 자기도 그런 실수를 저지른다는 것을 시인하는 꼴이 될 수 있다. 인생도 땜빵 하면서 살아가는데 지붕을 못 때우겠는가. 결국은 티 안 나게 해냈다. 이렇게 골병들도록 일하고 다음 날 쳐다보면 애개, 소리가 절로 났다. 이때 초보에게는 '정신 승리'가 필요하다. '애개가 천리 간다'는 괴변으로 마음을 다잡고 다시 지붕에 올라간다. 혼자 하는 지붕 싱글 작업은 정말 힘들었다. 그래도 고개를 젖혀서 본 파란 가을 하늘이 내 눈에 넘쳐흘렀다.

10월 24일, 반가운 지원군이 왔다. G 형은 택시를 운전하다 해고돼서 대리운전을 하고, S씨는 현직 택시 기사다. 택시 운전대를 잡는 이들이 지나가듯 하는 말이 있다. "인생이 안 풀려서 마지막에 택시를 탑니다." "택시 운전은 인생 막차예요." 1990년대만 해도 택시 일이 그럭저럭 할 만했다. 그러나 너나없이 승용차 한 대씩 갖고, 버스와 지하철 노선이 확대되고, 대리운전도 이용하면서 택시는 사양 산업이 됐다. 그 때문에 생긴 경영의 어려움을 회사는 사납금[24]을 인상해 택시 기사들에게 떠안겼다. 택시 노동자들은 사납금을 내기 위해 과로와 폭주로 하루를 버틴다. 오늘 온 이들은 택시 노동 현실을 개선하겠다고 애쓰는 별난 사람들이다. 그러니 일손 보태겠다고 먼 길을 찾아온 정성이 더 각별했다.

일은 지지부진하다 드디어 속도가 붙었다. 날라주는 싱글을 받아서 작업하니 한나절 만에 지붕 뒷면을 마저 끝내고, 앞면은 절반쯤 마쳤다.

10월 27일, 단풍이 절정에 들 무렵 지붕 덮는 일이 끝났다. 그러나 아직 지붕에서 내려올 때가 안 됐다. 용마루 벤트를 설치해야 한다. 지붕 끝 용마루에는 길게 틈이 있다. 여기가 공기구멍이다. 경량 목구조 건축은 구조물 내부에 습기가 머물

---

[24] 사납금은 택시 기사가 매일 회사에 납부해야 할 운송 수입금이다. 사납금 제도는 원래 불법이지만, 많은 회사가 음성적·편법적으로 운용해왔다.

시공을 마친 용마루

러선 안 된다. 그래서 처마 밑에도 틈을 주어 그곳으로 공기가 들어와 용마루 틈으로 빠져나가도록 시공하는 것이다.

용마루에 자리를 잡고 길이 1.2m 벤트를 설치했다. 벤트는 플라스틱 소재다. 전동 드라이버로 나사못을 죌 때 힘 조절이 안 돼서 벤트가 오그라들기도 했다. 중간쯤 오자 이번엔 나사못이 끝까지 안 들어간 곳이 있었다. 아래 보이지 않는 뭔가에 막혔다. 초보인 나는 다른 위치에 함부로 박기도 어려웠다. 아무리 해도 나사못이 더는 들어가지 않았다. 이때까지 설치한 벤트를 다 뜯어내고 위치를 조정하기도 난감했다. 그 상태로도 튼튼해 보여서 그냥 작업했다. 내려와서 보니 그 부위가 다른 곳보다 약간 들렸다. 찜찜한 일을 하나 만든 셈이다.

벤트에 싱글을 덮어야 한다. 매뉴얼은 일반 싱글을 삼등분해 사용하라고 했다. 그런데 이중 싱글이 많이 남았다. 내 짧은 생각으로 이중 싱글도 될 것 같은데, 왜 일반 싱글로 하라고 했을까 궁금했다. 그 이유를 명쾌하게 가르쳐준 곳이 없다. 그냥 이중 싱글로 벤트를 덮었다. 작업을 마치고 문득 떠오른 생각. 세월이 지나면 이중 싱글에 덧붙인 한 겹이 바람에 떨어질 수도 있어서 둥그렇게 굽은 용마루는 일반 싱글로 시공하라는 게 아닐까? 기차는 떠났다. 지붕 작업은 여러모로 뒤끝이 개운치 않았다. 그러나 용마루에 걸터앉아서 본 백두대간 능선은 한껏 농익은 단풍으로 내 눈을 몸살 나게 했다.

나에게 씨마늘은

잠시 짬을 내서 마늘을 심었다. 마을 공동 텃밭에 내게 할당된 구역이 40~50평 있다. 집 짓는 핑계로 뭐 하나 제대로 가꿔 먹지 못하고 있다. 주말농장에서 7년 동안 농사일을 했어도 얼치기 목수만큼이나 얼치기 농부다. 그래도 자부심을 느끼는 게 있으니 마늘이다. 지금 짬을 내어 심는 마늘은 7년 동안 내 손으로 가꾸고 거둬온 종자다.

주말 농사를 지을 때 종자 가게에서 의성 마늘을 사다 심었다. 이듬해 수확할 때 콩알보다 조금 컸다. 다다음 해에도 크게 다르지 않았다. 돌이 많은 땅에 비닐을 씌우지 않고 물을 대주지 못하니, 풀에 치이고 가뭄을 타서 그랬을 터. 나는 실망하지 않고 해마다 좀 더 튼실한 놈을 골라 심었다. 요령도 생겨 풀을 그러모아 마늘밭을 덮었다. 이렇게 여러 해 씨를 받으니, 그 씨에 가뭄과 척박한 환경을 견디는 내성이 생기는 모양이었다. 마늘은 조금씩 상태가 좋아졌다. 마늘을 먹어본 이들이 하나같이 짱짱하다고 했다.

자칫 마늘의 대가 끊길 뻔한 적이 있다. 귀농인의집에 입주할 때였다. 다행히 귀농인의집에 딸린 밭에 미리 가서 마늘을 심었다. 한 번 더 위기가 찾아왔다. 이곳 함양으로 올 때다. 여기서도 양해를 구해 이사하기 전, 공동 텃밭 일부에 마늘을 심었다. 마늘은 낯선 환경에서도 작지만 옹골지게 자랐다.

마늘을 향한 이 뜬금없는 집착을 뭐라 설명해야 할까? 우리 조상은 대대로 불씨를 꺼뜨리는 법이 없었다는데, 내게 씨마늘은 절대 꺼뜨려선 안 되는 '불의 씨앗' 같은 존재였을까? 마늘만큼은 어떻게든 대를 잇게 하고 싶었다. 이런 마음 때문인지 씨마늘 심는 일은 특히 즐겁다. 집 짓는 와중에도 기꺼이 짬을 내어 마늘을 심고, 흙을 덮고, 풀을 그러모아 덮었다. 내년에도 후년에도 어김없이 볕 좋은 3월이 올 테고, 나는 마늘의 여린 싹이 두툼한 풀 밖으로 여기저기 머리를 내미는 장관을 볼 것이다.

쓸데없는 일을 만들다

벽체 외부 작업을 할 차례다. OSB 합판을 벽 바깥에 부착하고 그 위에 방수 타이벡을 둘러서 고정하는 일이다. OSB 합판 작업을 혼자 하기는 무리였다. 누군가 합판을 잡아서 정확한 위치에 고정해야 못총을 쏠 수 있기 때문이다. 힘을 써야 하니 남자가 필요했다. 함께 일할 팀을 만들 때까지 작업 공정을 공부하고 자재를 준비했다.

마침 M이 찾아왔다. 근래 여유가 생겨 일을 도와주고 싶다고 했다. 지난번에 골조 벽체를 함께 세웠는데, 또 와주니 그저 고마웠다. 귀한 일손을 놀리기 아까워서라도 일거리를 만들어야 했다. 당장 큰일을 준비하기는 어려웠다. 생각하다 지붕 서까래와 서까래 사이 노출된 합판에 열 반사 단열재를 붙이기로 했다. 이런 공법은 어디서도 권장한 일이 없는데, 조금이라도 도움이 되겠다 싶어 해보는 것이다.

나중에 할 지붕 단열 공사를 위해 미리 염두에 둔 것이 있었다. 보통은 지붕 서까래와 서까래 사이에 단열재를 채운다. 다락방이 있기 때문이다. 다락방이 없어도 실내를 웅장하게 연출하고 싶은 사람은 천장 공간을 두지 않고 틔운다. 이때도 서까래 사이에 단열재를 채워야 한다. 나는 천장에 다락방을 둘 생각이 없었다. 복잡하면서도 추가 비용 들어가는 구조는 만들고 싶지 않았다. 천장을 틔우면 공간이 넓어져 난방을 유지하는 데 에너지가 더 많이 필요한 것도 문제다. 천장을 활용할 계획이 없으니 찾아보기도 하고 전문가에게 자문해서 지붕 서까래 대신 천장 장선에 단열재를 채우기로 했다.

열 반사 단열재 중 저렴하면서 야유회나 집회 장소에서 깔판으로 많이 이용하는 은박 매트를 썼다. 은박 매트에 목재용 본드를 칠하고 서까래 사이 OSB 합판에 붙인 뒤, 군데군데 핸드 태커로 고정했다. 이렇게 작업하고 보니 잘한 일인지 알 수가 없었다. 우연히 소개받은 베테랑 목수가 안 해도 될 일을 하셨다고 말해 실망이 컸다. 그분은 해서 문제가 되는 건 아니라고 덧붙여 나를 위로했다. 나도 사회생활 좀 해본 사람이라 립 서비스가 뭔지 안다.

결론을 말하면 멀리서 후배가 찾아와 그 고마움과 귀한 일손을 놀리기 아깝다고 예정에 없던 일거리를 만든다는 것이 '해서 문제가 되는 건 아니지만 굳이 할 필요가 없는 일'을 하느라 자재까지 사서 한나절을 보낸 것이다. 여전히 초보인 주제에 지난번 용마루 벤트에 시키지도 않은 이중 싱글을 씌우더니, 약간 짬밥이 생겼다고 점점 안 해도 될 일을 만들고 있다. 정신이 번쩍 들었다. '이러다 큰일 치르기 전에 정신 바짝 차려야겠구나!'

외벽 OSB 합판과 타이벡 작업

11월 4~5일, J와 외벽 OSB 합판 작업을 했다. 10월 2~3일 지붕 서까래에 OSB 합판 붙이는 작업을 도운 J가 고맙게 다시 시간을 내줬다. 이번엔 전혀 다른 사람이 돼서 나타났다. 기술자가 된 것이다. 친구 중에 경력 20년이 넘는 베테랑 목수가 있다고 한다. 근래에 시간도 좀 남아서 그와 작은 집 한 채를 짓고 오는 길이라며, 여기 일 도와주고 다른 현장에 가봐야 한다고 한다. 그래서인가 J의 말과 행동이 지난번과 달리 자신만만해 보였다.

목조 주택 건설 현장을 경험하지 못한 나는 J가 속성으로나마 기술자가 돼서 나타난 것도, 베테랑 목수가 친구라는 것도 가뭄에 단비 같은 소식이었다. 나는 봇물이 터졌다. 궁금한 것을 주체하지 못하고 물어봤다. J는 본인이 모르는 것은 친구 목수에게 전화해서 답해줬다.

OSB 합판 규격은 4×8ft(1220×2440mm)다.[25] 경량 목구조 주택의 골조는 OSB 합판 규격에 맞춰 설계·시공한다. 내 집

---

[25] 1ft는 12in, 4ft는 48in다. 한편 1in는 25.4mm이므로 4ft는 정확히 1219.2mm가 나온다. 참고로 in는 엄지손가락 마디 하나에서, ft는 성인 남자의 발바닥 크기에서 유래했다고 한다.

외벽 합판 작업

벽체 합판에 타이벡을 두른 모습

도 마찬가지다. 그래서 합판 높이에 맞춰 못총을 쏘아 고정하면 된다. 시간은 창호에서 많이 걸렸다. 공간지각 능력이란 놈은 잊을 만하면 나타나 주눅 들게 했다. 창호 개구부[26] 크기에 맞게 합판을 재단해야 한다. 이때 합판 두 장이 연결됐다고 가정하고 상하좌우에 맞게 치수를 계산해서 잘라야 한다. 물론 내가 계산할 수 있지만, 한나절 일을 작파해야 할 것이다. 의논할 것도 없이 J의 몫이 됐다. 베테랑 목수에게 실전 교육을 받고 온 J 덕분에 둘이서 이틀 동안 외벽 합판 작업을 끝냈다.

H 선배와 J 선배가 찾아왔다. 못 본 지 10년이 넘어서 초대했다. 이것도 집 짓기가 맺어준 인연일 수 있겠다. 각별한 사람들을 꽤 오래 못 보다가 다시 만나면 세월은 흐르기도 하지만, 때론 건너뛰기도 한다는 걸 실감한다. J 선배는 찾아오는 사람들 나눠주라고 칫솔, 치약 등 생필품을 한 보따리 가져왔다. H 선배는 집 위로 드론을 띄워서 멋진 영상을 제작해 선물했다.

OSB 합판은 골조에 사용하는 구조목과 달리 절대 비를 맞으면 안 된다. 외벽에 합판을 부착했으니 비 오기 전에 타이벡 방습지를 설치해야 했다. 타이벡은 합성 소재인데 수증기는 통과시키고 물을 막아준다. 습기를 막고 배출해야 하는 목조 주택은 외벽에 OSB 합판을 설치한 뒤 꼭 타이벡을 둘러야 한다.

11월 7일, 타이벡을 설치했다. 멀리서 I 선배가 왔다. 여성

---

26 골조의 벽체에서 창틀이 위치할 뚫린 공간.

인 그이는 목공소를 운영한다. 집 지으려고 공구를 처음 구입할 때 고르는 기준과 관련해서 여러 조언을 해줬다. 본인이 갖고 있던 직 쏘를 선물하기도 했다. 타이벡을 두르는 일은 어렵지 않았다. 타이벡을 고정할 핸드 태커가 필요하다. 아래부터 벽체를 한 바퀴 둘러가며 시공하고, 위로 올라가서는 아래 상단과 겹쳐 시공했다. 그래야 빗물이 들어와도 안으로 스며들지 않는다. 나와 아내, I 선배까지 셋이 힘을 합치니 어렵지 않게 끝났다.

벽체 합판에 타이벡 방습지를 두르자 기다렸다는 듯이 비가 내렸다. 한동안 주춤하던 비는 이틀 내내 쏟아졌다. 지붕이 신경 쓰였다. 비 새는 곳은 없을까 내내 조마조마했다. 비가 그치고 집 안 구석구석을 살펴봤는데 다행히 물이 스민 자국은 없었다. 비로소 긴장이 풀렸다. 내가 비 안 새는 집을 지었다!

시스템 창호, 이중 창호, 중고 창호

구조목이나 OSB 합판같이 덩치가 큰 자재는 사기 전에 품을 들여야 한다. 업체마다 값이 다르기 때문이다. 구조목은 인천에 있는 업체에서 주문해 돈을 제법 아꼈다. 그 업체에 연락해서 OSB 합판 견적을 받아보니 운송비를 제하면 그동안 거래를 튼 인근 지역의 업체와 별 차이가 없었다. 큰 차이가 아니면 내가 사는 지역이나 가까운 곳과 거래하는 게 낫다.

구조목 다음으로 돈이 많이 드는 자재가 창호다. 건축물의 에너지 절약 설계 기준이 엄격해지면서 창호 역시 그 기준에 맞추는데, 덩달아 값도 오른다. 거기에 기능성과 미관이 더해지면서 갈수록 고급화하는 추세다. 경량 목구조 주택은 대부분 시스템 창호를 선택한다. 시스템 창호 두께가 경량 목구조 벽체 두께와 맞게 제작되기 때문이다. 일반 주택에 주로 쓰는 이중 창호는 목조 주택 벽체보다 훨씬 두꺼워서 거의 사용하지 않는다.

창호는 골조의 벽체를 세우기 전에 구입 계획을 잡아야 했다. 나는 이 대목에서 고민했다. 에너지 절약 설계 기준을 맞추려면 시스템 창호나 이중유리가 달린 이중 창호를 선택해야 하는데, 시스템 창호가 훨씬 비싸다. 이중 창호를 시공한 사례가 있는지 인터넷과 유튜브를 뒤지다 결국 찾았다. 목조 주택 전문 목수가 "이중 창호도 목조 주택에 써보니 괜찮다"고 한 대목에서 나도 모르게 감정이입이 됐다. 망설임 없이 이중 창호를 선택했다. 통장 잔고가 눈에 띄게 줄었기 때문이다.

이중 창호도 값이 만만찮다. 여기서도 아껴야 했다. 나는 점점 창호 전문가가 돼갔다. 창호는 한 번 달면 오래 써야 하므로 어느 정도 품질이 보장돼야 할 것이다. 대기업 브랜드와 규모는 작지만 잘 알려진 다른 브랜드의 견적을 받았다. 중고 창호를 취급하는 곳도 찾아갔는데, 아주 저렴하지도 않고 짓는 집에 맞는 크기를 찾기 어려워 제외했다. 대기업보다 규모는 작지만 잘 알려진 업체의 창호를 낙점했다.

황당한 일을 겪은 뒤 창틀을 설치하다

11월 9일, 창호 계약을 맺었다. 목조 주택은 골조의 창호 개구부 크기보다 창틀이 좀 작다. 약간 틈을 주어 우레탄폼을 채우기 때문이다. 그런데 업체 사장이 "이 크기 맞아요?" 하면서 주방과 화장실 창틀 크기를 확인했다. 나는 재차 확인해줬다.

집으로 돌아와 창호를 어떻게 설치할지 공부하다가 불길한 느낌이 들었다. 현장으로 가서 주방과 화장실 개구부 크기를 다시 쟀다. 크기는 맞다. 불길한 느낌이 가시지 않았다. 나는 생각을 정리했다. 개구부에 들어갈 창틀의 두께, 창틀에 끼울 창호에서 유리를 뺀 바깥 틀의 두께, 우레탄폼을 주입할 틈의 두께를 전부 합했다. 창호 유리의 세로 길이가 7~8cm밖에 안 됐다. 거기다 유리를 고정하기 위해 쓰는 실리콘 두께를 빼면 실상 5cm 남짓 될 것이다. 5cm면 창호라고 부르기도 민망하다. 바깥 구경을 하려면 아마도 눈알을 창유리에 들이대야 할 것이다. 망연자실이라는 표현이 여기에 적당할까? 힘이 쭉 빠졌다. 아무리 초보라도 그렇지 개구부 크기를 계산할 때 정신이 나간 모양이었다.

힘이 빠진 게 당연했다. 초보의 머리로는 다 만들어 OSB 합판과 타이벡까지 친 벽체를 수정할 방법이 떠오르지 않았다. 얼마나 다급했으면 J를 통해 생면부지인 친구 목수의 연락처를 받아 직접 통화했다. 사정을 설명하고 방법이 없겠느냐 물었다. 의외로 대답이 간단했다. "수정할 수 있어요. 컷 쏘로 하면 돼요." 나는 비용을 드릴 테니 언제 시간 내서 수정 작업을 해주실 수 있는지 물었다. "J도 할 줄 알아요. 현장 작업 끝나고 J 편에 컷 쏘 보내드릴게요." 'J도 할 줄 안다고? 목수 경력 한 달 J가?' 나는 어안이 벙벙해져서 J하고 통화했는데, J는 쿨하게 종종 있는 일이라고 했다. 목수가 실수하기도 하고, 건축주가 마음이 바뀌어 창호를 키우고 싶다고 하면 컷 쏘로 목재를 잘라내고 개구부를 키운다는 것이다. 가슴을 쓸어내린 건 잠깐이었다. 'J도 할 줄 안다고? 그 J가?'

컷 쏘는 전기톱이다. 직 쏘 톱날이 위아래로 반복 운동한다면, 컷 쏘는 앞뒤로 반복 운동하는 점이 다르다. 대단한 것은 박힌 못도 자른다는 사실. 그래서 못을 뺄 것도 없이 바로 자르면 된다. 컷 쏘 빌려준다는 현장 일이 끝날 때까지 기다려야 하나 싶었는데, 지붕 서까래 작업을 도와준 H씨가 컷 쏘가 있다며 본인이 와서 작업하겠다고 했다. '나쁜 일은 한꺼번에 몰려온다'는 말에 좌절할 것 없다. 고마운 손길도 한꺼번에 몰려온다.

11월 13일, H·E씨 부부가 내려와 이틀 동안 큰 도움을 주고 갔다. 가져온 컷 쏘로 주방과 화장실 창호 개구부 아랫부분을 잘라 세로를 키웠다. 수준급 목공 실력에 일 경험도 많은 H씨 덕분에 이틀 동안 여러 가지 일을 했다. 벽체에는 천장 위치에 서까래가 얹힌 모양을 따라 생긴 삼각형 공간(박공벽)이 있다. 여기는 뚫린 상태로 됐는데, 지난날 천장 장선 위에 작

박공벽 작업

창틀 완성

업 발판용 합판을 설치했기 때문이다. 그 합판을 해체해서 빼낸 다음 스터드를 설치하고, 합판과 타이벡을 부착했다. 수도 배관을 위해 수도관이 지나는 벽체 아래 구멍을 뚫고, 샤워할 공간에 수전을 고정할 자리를 만들었다. 창호 업체에 연락해 수정한 크기로 창호를 다시 주문했다.

이제 창틀을 설치하기 위한 준비 작업이다. 목조건축에서 강조하는 것이 첫째도 방수, 둘째도 방수, 셋째도 방수다. 물이 스며들면 안의 목재가 썩기 때문이다. 창틀을 설치하기 전에 창틀 개구부의 네 귀퉁이를 방수 테이프로 감싸고 핸드 태커로 고정했다. 빗물이 귀퉁이 틈으로 흘러드는 걸 막기 위해서다. 그런 다음 타이벡의 남는 부분으로 개구부 목재를 감싸서 역시 핸드 태커로 고정했다.

11월 17일, 창틀을 설치했다. 일이 서툴 것이므로 다루기 쉬운 작은 창틀부터 시작했다. 아래 쐐기를 받치고 위아래, 양옆으로 여유 공간을 띄워서 창틀을 올렸다. 창틀의 수직과 수평을 맞추고, 창틀 폭이 벽체보다 두꺼우니 적당히 튀어나오도록 조정해 창틀 양옆에 나사못을 죄었다. 혼자 힘으로 어려웠다. 나중에 보니 한두 개 창틀이 약간 삐딱하게 섰다.

창틀과 개구부의 틈새를 우레탄폼으로 채우는데, 이때는 전부 채우지 않고 조금씩 골고루 채웠다. 자칫 창틀이 우레탄폼의 힘에 밀려 오그라들 수 있기 때문이다. 이런 방법으로 주방과 화장실의 작은 창틀 두 개, 중간 크기 창틀 세 개를 설치했다. 우레탄폼이 굳은 뒤 부풀어 오른 곳은 뜯어내고 다시 채웠다. 우레탄폼을 충분히 채우지 않으면 겨울에 그 부분에서 결로가 생길 수 있다. 거실의 출입용 창틀은 커서 다음 날 윗집 이웃과 함께 설치했다.

창틀 설치를 끝내고 완전히 굳은 우레탄폼을 말끔히 뜯어낸 다음, 그곳에 실리콘을 쏴서 막았다. 마지막으로 '이지실'이라는 목조 주택 전용 방수 테이프로 창틀을 전부 밀봉했다. 중간중간 창틀 밖으로 주변 풍경을 봤다. 수채화 한 폭을 담은 액자가 걸린 듯했다.

많은 이의 도움으로 여기까지 왔다. 일손을 도와주기도 했고, 물품을 보내주기도 했다. 자주 만나던 이들도 있고 그러지 못하던 이들도 있다. 이번에는 30년 만에 친구를 만났다. 내가 집 짓는다는 얘기를 듣고 학교 동기 S가 인천에서 4시간 30분을 운전해, 태양광 패널 여섯 장을 주고 갔다. 설치할 때도 와서 도와주겠다고 한다. 살아가는 길이 엇갈려 사회에 나와서는 못 봤으니 세월이 참 얄궂다. 친구 집 짓는 데 보태겠다고 먼 길 달려오더니, 저녁 먹고 커피 마시고 훌쩍 밤길을 떠났다. 30년 묵은 이야기를 풀어내기에 시간이 턱없이 부족했다.

창호를 달고 몰딩으로 마감하다

창틀을 설치하고 며칠 지나 창호가 도착했다. 그 며칠 새 김장을 담갔다. 여름이 끝나갈 무렵 마을 공동 텃밭에 배추, 무, 쪽파, 갓 따위 김장거리를 심었다. 작물이 사람 발소리를 듣고 자란다지 않는가. 내 발소리를 못 들었으니 배추가 주먹만 하고, 여기저기에 벌레 먹은 자국이 어지럽다. 그래도 다 거두니 봄까지 먹을 순 있겠다.

김장을 진두지휘하는 일은 전적으로 내 몫이다. 아내도 함부로 월권할 수 없다. 수확하고 씻고 다듬고 절이고 헹구고 배춧속 만들고 버무리고 얼마 안 되지만 나눠줄 곳 배분하고 마지막 정리하는 일까지, 언제부턴가 아내의 조수로 전락한 처지를 만회하려는 듯 나는 '소심한 존재감'을 한껏 뽐냈다. 주말 농사 시절까지 하면 직접 기른 작물을 수확해서 김장을 담가 먹은 지 제법 됐다. 벌레와 싸우면서 짱짱한 기운을 품은 배추의 옹골진 맛을 사랑한다. 내 손맛도 사랑한다. 그러니 김장 담그는 일은 아무한테도 양보하지 않고 해마다 사서 고생한다. 윗집 띠동갑 이웃께서 늘 조언하고 애써주셨다. 김치와 수육, 김장하고 남은 찹쌀풀, '소맥'으로 상을 차려 초대했다.

11월 27~28일, 창호를 달고 외벽 창호 몰딩 작업을 했다. 설치한 창틀에 창호를 끼우면 되는 일이다. 창틀의 수직과 수

창호를 달고 몰딩 작업을 한 모습

평이 맞지 않으면 창호 아래 부착된 바퀴의 높이를 조절해서 편차를 맞춰야 한다. 다행히 그럴 일은 생기지 않았다. 창틀의 수직과 수평이 큰 오차 없이 맞았다는 얘기다.

이중 창호를 선택하다 보니 창틀이 외벽 밖으로 튀어나왔다. 보기 안 좋고 빗물이 창틀로 직접 들이치는 문제도 있다. 이를 보완하기 위해 창틀을 2×4in 목재로 감싸는 몰딩 작업을 하기로 했다. 이 작업을 하려면 목재에 'ㄱ 자형' 홈을 파야 하는데, 테이블 쏘가 필요했다. 예전에 H씨가 선물한 테이블 쏘가 창고에 있었다. 몸체가 무거워서 이동하기 어렵고, 외부에 오래 두면 비를 피하기도 어려워서다. 그것을 꺼낼까 생각하던 차에 H씨가 휴대용 테이블 쏘가 있다면서 아내 E씨와 함께 내려왔다. 또다시 고마운 사람들에게 신세를 졌다.

함께 창호를 달고, 몰딩용 목재를 재단하고, 휴대용 테이블 쏘로 홈을 파고, 목재 부식 방지용 페인트(오버코트)를 칠하고, 못을 박아 몰딩용 목재를 설치했다. 이제 마지막 작업, 몰딩 틈으로 빗물이 들어가지 않도록 몰딩용 목재 둘레를 실리콘으로 막았다. 감색 페인트가 마을 이웃들에게 꽤 신선했나 보다. 에둘러서 덕담을 건네신다. "누구 의견으로 이런 멋진 색상을 골랐어요?"

귀한 일손 보태준 것만도 차고 넘치게 고마운데, H씨는 직접 만든 향나무 차탁까지 선물했다. 차탁은 애초의 나무 생김새였을 길고 부드러운 곡선을 만들었다. 유자차를 끓여 차탁에 올린다. 나는 냄새를 못 맡는다. 날 때부터 그랬다. 그러므

향나무 차탁

로 원목 향도, 유자 향도 그 느낌을 알 수 없다. 하지만 사람
의 향은 맡을 수 있다.

함께 땀 흘리고 웃고 막걸리 마시며 또 한 공정이 끝났다. 이
번에도 임무를 완수했다는 감회에 젖는다. 그동안 거쳐 왔고
앞으로 거칠 모든 과정이 불안과 설렘을 동반한 시작이자 끝
이다. 긴 여정을 따라 걷는 초행길이 이럴 것이다.

일손 맞을 준비

맑은 물이 나올 때까지 씻은 찹쌀로 고두밥을 지었다. 비 오는 아침, 밤새 큰 채반에 널어둔 고두밥과 누룩을 섞어 항아리와 유리 용기에 넣고 물을 부었다. 뚜껑은 밀봉하지 않고 천으로 덮었다. 지금부터 고두밥은 누룩의 밑밥이 된다. 2~3일은 매일 저어야 한다. 누룩은 누룩곰팡이와 효모의 작용으로 고두밥의 당분을 분해하는 발효 과정을 거쳐서 알코올을 만들어 술을 빚는다. 25℃를 유지해 이틀 정도 지나면 보글보글 기포가 올라오고, 닷새 뒤에 먹을 수 있다.

방 안의 온도를 올렸다. 주말 무렵이면 얼추 술맛을 볼 수 있겠지. 얼굴 보기 어렵던 후배 셋, 처음 대면하는 후배 둘까지 다섯이 일을 거들러 내려온다고 한다. 바닥 미장 작업을 하자고 뭉쳤다.

생각이 많던 바닥 단열

바닥 미장을 하자고 결정하기까지 적잖이 고민했다. 단열 때문이다. 바닥 단열을 어떻게 할지 정해야 미장을 할지, 다른 무엇을 할지 계획할 수 있다. 나는 일찌감치 바닥에 보일러 같은 난방시설을 두지 않겠다고 마음먹었다. 주 난방으로 실내에 화목 난로를 설치하는 것은 결정한 터였다. 문제는 단열이다. 바닥 난방시설이 없는 집에서 바닥 단열이 얼마나 중요한지는 산촌체험관에 살 때 경험했다. 하지만 어떤 방법으로 바닥 단열 시공을 할지 쉽게 결론이 나지 않았다. 이 방면으로 참조할 만한 시공 방법을 찾기 어려웠기 때문이다.

어떤 이가 마루처럼 콘크리트기초 바닥에서 띄워 합판 바닥을 시공하는 게 어떠냐고 했다. 마룻바닥과 콘크리트기초 사이의 공기층이 자연스럽게 단열층을 만들 거라는 얘기다. 일리 있는 말이지만 내키지 않았다. 약간의 공기층도 냉기일 텐데, 단열 효과가 있을지 미심쩍었다. 그렇게 하고 사는 집도 알고 있다. 그이가 나고 자란 일본의 주거 문화가 그랬는지 모르나, 단열 효과는 그다지 느껴지지 않았다. 이 방법은 일단 제쳐놓았다.

그이 말대로 기초 바닥에서 띄워 합판 바닥을 시공하려면 천장 장선처럼 바닥 장선을 설치해야 한다. 바닥 장선의 틀 안에 단열재를 채운 뒤 합판 바닥을 시공하는 방법도 있다. 어쩌면

이 방법이 가장 우수한 바닥 단열 시공일 것 같았다. 바닥 장선을 제작하려면 구조목이 많이 필요한데, 통장 잔고는 갈수록 줄어들고 있다. 여러 보강 작업에 일손도 많이 들어가지 싶다. 아쉽지만 바닥 장선을 설치하는 일은 제외했다.

내가 아는 범위에서는 어떤 방법을 선택하든 단열재 없이 단열 효과를 기대할 수 없다. 바닥에 쓸 단열재는 무엇보다 습기에 강해야 한다. 바닥은 벽이나 지붕과 달리 공기가 통하지 않기 때문이다. 바닥 장선을 설치하지 않기로 했으니 물성도 단단해야 한다. 벽체와 지붕에 들어가는 인슐레이션은 가장 먼저 제외했다. 물성이 단단하나 습기에 약한 '비드법 보온판'²⁷도 제외했다. 압축 스티로폼 혹은 아이소핑크라고 알려진 '압출법 보온판'²⁸이 남았다. 단열, 방습, 내구성에서 최고 단열재로 꼽을 만하다. 그러나 화재에 노출될 때 유독가스가 나오고, 비드법 보온판보다 훨씬 비싸다. 고심하다 압출법 보온판으로 결정했다.

바닥 장선을 설치하지 않기로 했으니 단열재를 깔고 그 위에 방통을 하거나, 합판을 깔아야 한다. 그 외에 마땅한 방법이 떠오르지 않았다. 화재에 대비하고 장판을 매끄럽게 시공하는 것까지 생각하면 압출법 보온판을 설치하고 그 위에 방

---

27 스티로폼으로 알려졌다. '비드'라는 알갱이를 수증기로 발포해 만든다.
28 폴리스티렌 원료를 녹인 뒤 고온에서 압출·발포하는 보온판. 비드법 보온판보다 습기에 강하다.

통을 하는 게 맞다. 그런데 원재료에 들어가는 비용 외에 방통 차량을 비롯해 방통 비용이 추가되는 부담이 있었다. 그 비용도 만만치 않았다. 거기다 방통은 바닥 보일러 난방에 특화된 공사 방법이다. 압출법 보온판이 내구성이 강하다지만, 나무처럼 단단하진 않아 시간이 지날수록 조금씩 눌릴 수도 있다. 이때 방통에 들어간 두께 4~5cm 미장 모르타르 층도 부서져 내릴 수 있겠다 싶었다. 생각 끝에 압출법 보온판 위에 OSB 합판을 시공한 뒤 장판을 깔기로 했다.

먼저 수평 편차가 심한 콘크리트기초 바닥의 수평을 맞추기 위해 미장 작업을 하기로 했다. 그래도 방통을 하지 않고 합판을 치는 이상 어느 정도는 꿀렁거릴 것이다. 그 정도는 감수하리라 생각했다. 이렇게 해서 후배들과 한바탕 바닥 미장 '잔치'를 벌이게 된다.

바닥 미장 '잔치'

12월 3일, 다음 날 후배들이 온다니 일할 준비를 해야 했다. 40kg 레미탈을 여러 포대 사고, 장갑과 흙손(미장손), 수평자, 대야 등 필요한 도구를 하나하나 갖췄다. 레미탈은 시멘트와 모래를 혼합한 제품이다. 원래는 건축 용어로 모르타르라고 하는데, 한일시멘트가 1990년대 초에 모르타르를 처음 출시하면서 '레미탈'이라는 이름을 붙였다. 레미탈이 오랜 기간 압도적으로 팔리다 보니 모르타르를 대체한 보통명사처럼 사용되는 것이다.

기초에서 올라오는 습기를 막기 위해 콘크리트 바닥에 비닐을 깔았다. 그 위에 1차 단열 목적으로 열 반사 단열재를 깔고 청색 테이프를 붙였다. 콘크리트기초를 칠 때도 비닐과 단열재를 깔았는데, 한 번 더 방습·단열 조치를 하려는 것이다. 주위에서는 미장이 어렵다고 한걱정했다. 물론 어렵고 뜻대로 잘 안 될 테지만, 어지간한 일은 내 손으로 해보자 했으니 그 후에 벌어지는 일도 내가 감수하면 된다.

12월 4일, 오후부터 미장 작업을 시작했다. 레미탈에 물을 부어 비비는 팀, 나르는 팀, 미장 팀으로 나눠 작업했다. 먼 길 달려온 고마운 후배들은 저마다 개성으로 빛났다. G는 고향 울진으로 귀농해 짧지 않은 세월 농사일, 몸 쓰는 일을 해왔으

바닥 미장 작업

니 삽질하는 모습만 봐도 일이 몸에 익은 티가 났다. 건축업에 손을 댄 S는 원래 미장이는 슬리퍼를 신고 작업하는 거라며 굳이 슬리퍼를 찾아 신고 쪼그리고 앉아 수평자와 흙손으로 시범을 보였다. H는 몸 쓰는 일은 안 해본 티가 났지만, 심성이 온화하고 사람을 배려하는 태도가 훌륭하다. 이날 모임도 H가 연락해서 만든 것이다. 스테디셀러 소설 《불편한 편의점》의 모티프가 된 편의점 사장 P는 한 번 삽질하고 한 번씩 웃겼다. H의 아내이자 성격이 활달하고 목소리가 우렁우렁한 S와 편의점 사장 P는 경쟁하듯이 볼륨을 높이며 분위기를 띄웠다. 하도 시끄러우니 윗집에서 마실 오셨다.

레미탈에 물을 부어 비비는 작업과 바닥 미장 작업은 육체적으로 고된 일이다. 12월인데도 땀범벅이다. 덕분에 작업은 다섯 시간 만에 끝났다. 아마추어들이 작업한 바닥이 무심한 호수처럼 매끈하다면 이상한 일이다. 아직 굳지 않은 바닥은 반짝반짝 빛나며 오르락내리락 물결이 일었다. 그 자리가 어느 정도 꿀렁거릴지 고민할 필요가 없다. 지금 내 눈엔 물수제비뜬 돌이 막 가라앉은 호수의 잔물결처럼 예뻐 보였다. 건축주 눈에 예뻐 보이면 됐다. 밤새 기온이 내려갈 테니 얼지 말라고 난로를 켰다.

오후 내 왁자지껄하던 분위기는 밤이 되자 그야말로 고삐가 풀렸다. 나는 담가둔 막걸리를 걸렀다. 약간 덜 익은 듯하지만 그런대로 술맛이 괜찮았다. "딱 엄마가 담근 막걸리 맛이에요!" 감탄사가 나왔다. 술맛 때문만은 아닐 것이다. 술이 들어가니 노래가 빠질 수 없고, 술이 더 들어가니 소란도 일었다. 자기들끼리 싸우고 부둥켜안는다. 지천명을 넘겼거나 바라볼 나이인데도 오랜만에 만나 술 한 잔 들어가니 하나같이 어린 애가 됐다. 다음 날 동네 이웃을 만나면 밤새 시끄럽지 않았냐고 눈치를 보며 인사해야 했다.

석과불식 그리고 백련강

술자리에서 고향으로 귀농한 G의 농사 이야기를 들었다. 농장 이름이 '석불이네농장'이라고 했다. G가 신영복 선생을 존경하는데, 선생께서 자주 인용하시던 석과불식碩果不食의 준말로 지은 이름이란다. 석과불식은 《주역》 64괘 중 '산지박山地剝' 괘의 효사爻辭에 나온 말로, '과실나무에 달린 가장 큰 과일은 먹지 않고 종자로 쓴다'는 뜻이다. 시련을 겪는 사람이 갖춰야 할 희망적 태도를 이야기할 때 종종 인용되는데, 농장 이름으로 쓰니 뜻이 한결 깊어진 느낌이다.

다음 날 방 한구석에 모셔둔 신영복 선생 친필 휘호를 꺼냈다.

百鍊剛
精金百鍊出紅爐　梅徑寒苦發淸香
좋은 쇠는 붉은 화로에서 백 번을 단련해 나오고
매화는 추운 고통을 지나 맑은 향기를 발한다

'백련강' 역시 시련을 대하는 태도와 관련이 있다. 이 친필 휘호를 받은 데는 사연이 있다. 8년 동안 운영하던 노무사 사무소를 접고 2008년 1월, 다른 지역 노동단체와 의기투합해 비영리단체를 설립했다. 2년 뒤 서로 가고자 하는 길이 다르다는 것을 알고 그곳을 나왔다. 나는 그 지역에 정착한 지 고작 2년 된 이방인이고, 비영리단체를 운영할 기반도 없었다. 다행히 사회 약자의 인권 문제에 헌신해온 신부님을 비롯해 여러 좋은 인연을 만나, 그 지역에서 함께 새로운 기관을 설립했다. 그러나 다시 시작할 때는 꽤 심란했다.

그 시절, 여러 해 인연을 맺어온 선배를 통해 신영복 선생께 내 얘기를 글로 써 보내면서 단체의 현판으로 쓸 붓글씨 한 점과 '백련강' 글귀를 부탁드렸다. '백련강'은 신영복 선생께서 즐겨 쓰시던 글귀다. 한국 현대사의 격랑 속에서 오랜 감옥 생활을 해온 당신의 삶과 무관치 않을 것이다.

'백련강'을 2010년부터 2020년까지 단체의 사무실에 걸었다가 여기 함양으로 모셔왔다. 처음엔 집을 다 짓고 걸어둘 생각이었으나 마음이 바뀌었다. 신영복 선생께 받은 '백련강'은 내가 성장하는 데 좋은 거름이 됐고 고마움도 컸다. 그러나 한 시절에 맞는 쓰임새가 있었다면 그 쓰임새가 다하는 때도 오는 법이다. 나이 먹어가니까 그 사실을 알게 된다. 선생이 써 주신 '백련강'을 군이 내가 끌어안고 있기보다 새로운 인연을 찾아 떠나보내는 게 나을 성싶었다.

지난밤 석불이네농장 얘기를 듣는 순간, '백련강'이 임자를 만났구나 싶었다. 다음 날 일어나자마자 먼지를 닦아내고 G에게 건넸다. G는 순간 당황한 듯했고 나는 홀가분했다. G가 고개 숙여 '백련강'을 받고 입을 열었다. "또 다른 인연을 찾을 때까지 잘 모시고 있겠습니다."

전기공사는 결국 업자에게

배선을 공부한답시고 며칠 내내 인터넷과 유튜브를 봤다. 집 짓는 공사가 끝나면 전봇대에서 실내로 전기를 끌어들이는 공사를 할 것이다. 인입 공사는 반드시 한국전력공사에 신청해서 진행해야 한다. 그러면 한국전력공사는 지역 전기 업체 중 하나를 지정한다. 일반적으로 실내 배선 공사를 진행한 업체가 위탁 받아 진행한다. 실내 배선 공사는 반드시 한국전력공사를 통해야 하는 것은 아니고, 건축주가 직접 시공해도 무방하다. 다만 공사 후 사용 승인을 받기 위한 한국전력공사의 사전 점검 절차를 통과해야 한다.

그래서 직접 실내 배선 공사를 할 요량으로 여러 날 공부한 것이다. 물론 나는 전기의 기초도 모른다. 어릴 적 호기심 때문에 쇠젓가락을 콘센트 구멍에 넣었다가 호되게 감전된 기억이 있다. 역시 호기심 때문에 전기다리미를 볼에 댔다가 흉터는 남지 않았지만, 피부가 벗겨지도록 덴 기억도 있다. 이런 경험이 전기를 배우는 데 도움이 될 리 없다. 도통 머리에 들어오지 않았다.

전기선의 종류, 녹색 · 흰색 · 검정 · 빨강 선의 차이, 접지선과 접지봉, 메인 차단기와 부하(누전)차단기, 커넥터, 난연 CD관 등 필요 자재, 전등과 전열의 배선 방법 등을 수첩에 적어가며 유튜브 동영상을 보고 또 봤다. 그래도 시공 계획을 세울 수 없었다.

마음은 점점 전기공사는 맡기자는 쪽으로 기울었다. 배선을 잘못해서 발생할 수 있는 화재나 누전에 대한 걱정이 컸다. 여기저기 자문했다. 다른 지역에서 전기를 업으로 하는 이의 자문이 결정적이었다. 요지는 이렇다.

'설령 건축주가 직접 전기공사를 해도 한국전력공사의 사전 점검을 받아야 하는데, 한국전력공사는 이 일을 지역 전기 업체에 위탁한다. 업체 입장에서는 자기들한테 맡기지 않고 아마추어가 직접 시공한 실내 배선을 쉽게 통과시키지 않을 수 있다. 이때 문제가 생길 수 있다.'

고백하자면 이런 자문을 기다렸다. 나는 말 바꿀 명분을 얻었다. 기다렸다는 듯이 임시 전기를 설치한 업체에게 공사를 의뢰했다. 형편을 설명하고 공사비를 깎았다. 사실 내 집 전기공사는 더없이 간단했다. 온수기용 전열(콘센트) 하나, 전기레인지용 전열 하나, 나머지 전열 몇 개에 전등은 네 개가 전부다. 환풍기도, 외등도 없다. 나는 처음부터 집 지을 때 예외 없이 현관 입구에 설치하는 외등을 두지 않겠다고 마음먹었다. 마당과 텃밭을 캄캄한 채로 두고 싶었다. 손님이 올 때만 외등을 쓰자고 해도 설치하면 늘 쓰게 될 것이 뻔했다.

12월 17일, 전기 업체에서 실내 배선 작업을 진행했다. 기술자 한 명과 보조 인력 한 명이 오전 9시 30분부터 일을 시작했다. 나는 커피 한 잔씩 대접하고, 전등과 전열의 종류와 설치할 자리를 지정했다. 잠깐 공사를 지켜보고 자리를 떴다가 오후 1시 30분에 가보니 아무도 없었다. 천장과 벽체를 둘러봤다. 공사는 다 끝났다. 아무리 간단한 공사라도 이렇게 빨리 끝날 수 있나 싶었다. 며칠 밤낮을 끙끙대며 공부한 시간이 허무했다. 이 맛으로 업자한테 맡기는구나 싶었다. 지금은 배선만 한 것이고, 전등과 스위치, 콘센트는 내부 마감이 끝나고 다시 와서 설치한다.

공으로 생긴 옥토

한 공정이 끝나면 숨을 고르는 시간이 필요하다. 그동안 다음 공정을 위해 공부하고 자재도 준비한다. 하루 나들이로 여유를 즐기거나 미뤄둔 일이 있으면 짬을 내서 처리한다. 남들은 두 달이면 다 짓고 입주하는데 계절이 몇 번 바뀌도록 마냥 조몰락거리니, 보는 사람들이야 속 터지겠지만 이게 내 속도다.

쉬었다 가자고 미뤄둔 일을 시작했다. 집터 앞에 제법 너른 평지가 있고, 그 평지 끝이 비탈땅이다. 거기에 방치된 쓰레기를 정리하는 일이다. 다른 이가 나보다 먼저 집을 짓겠다고 들어왔다가 포기하고, 바로 아래 비닐하우스 안에 집을 지었다. 그이가 풀 올라오는 걸 막겠다며 땅에 묻은 비닐, 차광막, 부직포 따위를 놔두고 갔다. 그걸 걷어내겠다고 덤벼들었는데, 쓰레기가 어마어마해서 쉬었다 가기는커녕 며칠을 생고 생하게 생겼다.

풀은 풀대로 번성해서 풀뿌리와 차광막이 뒤엉키는 바람에 정리하기가 보통 일이 아니었다. 처음 작업하는 날은 오전 내 화가 났다. 아랫집 들으라고 흙에 파묻은 각목과 쇠 파이프, 이것저것 소리 나는 잡동사니를 냅다 길바닥에 내던졌다. 그래도 화가 풀리지 않았다. 아랫집은 멀리서 내가 일하는 꼴을 보고 들어가더니, 눈치가 보이는지 코빼기도 내밀지 않았다.

심란한 쓰레기를 걷어내니 비탈땅은 썩은 풀이 층층이 쌓인 옥토가 아닌가. 100평은 충분히 넘어 보였다. 일하는 와중에도 허리를 펴고 비탈땅을 보며 여기는 무슨 나무를 심을까, 저기는 또 무슨 나무를 심을까 흐뭇해져 더 기운차게 낫질했다. 급기야 머리가 한없이 단순해져서 '아! 이 쓰레기 덕분에 100평 넘는 옥토가 공으로 생겼구나!' 하는 얼토당토않은 생각까지 들었다.

내년 봄엔 공으로 얻은 옥토에 나무를 잔뜩 심으리라. 목련이며 사과나무, 돌배나무, 복숭아나무, 앵두나무, 매실나무, 감나무, 모과나무, 보리수, 블루베리 할 것 없이 나무 천지로 만들리라. 내가 좋아하는 구절초도 사이사이 가꾸리라. 오후로 넘어가도 낫질은 기운찼다. 그것이 차광막 쓰레기 덕분인지 모르지만.

외벽 시멘트 사이딩

벽체 외부 마감 작업을 할 차례다. 시멘트 사이딩[29] 작업, 벽체 네 귀퉁이 몰딩 작업, 처마 벤트 설치 작업, 칠 작업 등을 진행한다.

시멘트 사이딩은 저렴하면서도 많이 사용하는 외벽 마감재다. 폭이 좁은 길이 360cm 자재를 석재용 날을 끼운 그라인더로 재단해서 아래부터 위로 붙여간다. 필요한 공구는 아스팔트 싱글 작업할 때 사용한 못총과 전용 못이다. 이때 못은 합판 뒤에 숨은 벽체 골조 중 24in 간격으로 세운 스터드 목재에 박아야 짱짱하게 버틴다. 못을 제대로 박기 위해 미리 먹줄을 놓아 위치를 표시했다.

12월 23일부터 작업을 시작했다. 아내가 시간을 냈다. 긴 사이딩을 맨 아래 수평을 유지한 채 못 박기로 고정한 뒤, 그보다 24in 작게 재단해서 고정한 사이딩의 못 자국을 덮어 시공했다. 이렇게 점점 더 작게 계단식으로 올라간다. 연결 부위를 분산해 빗물이 스며드는 것을 방지하기 위해서다. 시간이 지날수록 요령이 생기고 속도가 빨라졌다.

---

[29] 시멘트 섬유 보강재를 첨가하고 고압으로 압축한 외벽 마감재.

사이딩 작업

다음 날은 이 작업을 혼자 해야 했다. 한쪽 끝을 잡아줄 사람이 없어서 궁리 끝에 방법을 고안했다. 함석판을 잘라 구부려서 이미 고정된 사이딩 윗부분에 걸고 새로 고정할 사이딩 아랫부분을 받친다. 이 상태에서 반대쪽 끝에 못을 박은 뒤 함석판을 떼어내고 수평을 잡아 고정한다. 나는 점점 더 목수 비스름해졌다. 그러나 혼자서 자르고 옮기고 고정하는 작업이 속도가 날 리 만무하다.

날씨는 점점 추워지고 바람도 거셌다. 산골 북향이라 해가 늦게 뜨고 일찍 졌다. 그나마 볕이 머물러 있는 몇 시간 동안 곱은 손끝을 녹여가며 평일은 혼자, 주말에는 아내와 함께 일했다. 내년 장마 전에 입주하려면 겨울이라도 할 수 있는 일은 해야 했다. 시멘트 사이딩 작업은 해를 넘겨서 1월 8일에 끝났다.

처마 벤트, 볕을 품은 집

누군가 경량 목구조 건축을 '습기와 싸움'이라고 했다. 초보인 내가 보기에도 외부의 습기를 막고 내부의 습기를 배출하기 위한 갖가지 공법이 유난스러울 정도다. 경량 목구조 주택에 설치하는 각종 벤트 역시 내부의 습기를 배출하되, 빗물과 벌레가 들어오는 것을 막기 위한 장치다.

골조를 세울 때 처마 밑과 지붕 용마루에 틈을 두어 시공했다. 처마 밑으로 공기가 들어가서 용마루를 통해 빠져나가는 구조다. 이 구조가 없으면 천장에 습기가 차고 목재가 썩는다. 엉터리 목수들이 여기를 막고 공사해서 하자를 내는 경우가 있다고 한다. 처마 벤트는 처마 폭에 맞게 재단한 판재가 처마 밑을 통째로 막아주는 장치다. 이 판재에는 방충망을 고정한 구멍이 있어, 공기는 통하지만 벌레는 들어갈 수 없다.

먼저 상을 설치했다. 처마 벤트를 설치하려면 벽체에 나사못을 고정할 자리가 있어야 하는데, 상은 그 못을 고정할 자리 역할을 할 목재다. 2×2in 긴 목재를 처마 끝 벤트 못을 고정할 자리와 수평이 되게 벽체를 따라 설치했다. 목재가 쪼개질 수 있으므로, 가는 드릴로 구멍을 내고 나사못을 죄었다. 이때도 반드시 합판이 아니라 스터드 목재에 고정해야 한다.

앞뒤 처마 쪽 벽체에 상을 설치하기는 어렵지 않은데, 좌우 벽체가 문제였다. 좌우 벽체의 처마는 중앙 용마루에서 32° 경사각을 따라 아래 처마와 만난다. 상도 그 경사각과 평행으로 설치해야 한다. 'A 자형' 사다리를 끝까지 올리고 거의 꼭대기에 올라타 불안한 자세로 아슬아슬 설치했다. 그나마 주말이라 아내가 목재 아래쪽을 잡아줬기에 안심할 수 있었다.

처마 벤트는 대부분 기성품을 사용하므로 처마 폭과 길이에 맞게 재단할 수밖에 없다. 기성품 중에 재질이 OSB 합판인 것도 있어, 어차피 손볼 것 비싼 기성품을 사니 OSB 합판으로 만들면 되지 않나 싶었다. 그래서 OSB 합판과 방충망으로 쓸 스테인리스 소재로 된 망을 샀다.

1월 10일, 처마 벤트 설치 작업을 시작했다. OSB 합판을 못 박을 자리 폭과 길이에 맞춰 재단하고, 드릴로 여기저기 구멍을 뚫어 방충망을 친 다음 나사못으로 고정했다. 그 판재를 처마 밑으로 가져가 혼자 설치하는데 쉽지 않다. 'A 자형' 사다리 위에 판재 한쪽을 걸쳐놓고, 다른 한쪽을 나사못으로 고정했다. 판재 한쪽을 받치던 사다리로 가 역시 그 판재를 나사못으로 고정하고, 여기저기 적당한 곳에 나사못을 죄었다. 갈수록 요령이 생겼지만, 일 속도가 빠르진 않았다.

1월 11일, 장수로 귀촌해 자리 잡느라 바쁜 J씨가 와서 처마 벤트를 함께 설치했다. 강원도 산골 출신이라 생활력과 손재주가 남다르다. 오랜 세월 비정규직 노동자를 지원하는 활동을 했고, 그들과 함께 노동조합을 설립했다. J씨 덕에 진도가 제법 나갔으나, 오래 작업하기는 추운 날이었다. 날씨 핑계로 일을

처마 벤트 완성

작파하고 지나온 이야기를 안주 삼아 술잔을 기울였다. 추운 날이 계속되면서 일도 느려졌다. 게다가 구토와 오한, 설사로 사흘을 드러눕다시피 해 1월 16일에야 처마 벤트 작업을 끝냈다.

처마 벤트 작업을 끝내고 치과에 다녀왔다. 꽤 오랫동안 흔들리던 이 하나가 뭔가 잘못 씹고 나서 건들거리는 정도가 심해져 미루다 갔는데, 뿌리가 상해 고쳐 쓸 수 없으니 도저히 안 될 때 뽑자고 한다. 하필 눈에 잘 띄는 쪽이라 돈 들어갈 일이 생길까 심란해서 돌아오는데, 눈이 내린다. 성글던 눈은 집이 가까울수록 거센 눈발로 내린다. 그 사이로 멀리 작은 집이 웅크리고 있다. 눈발이 굵어지자 집은 더 작아졌다.

지붕 싱글 작업할 때 도와준 S씨가 내 집이 추사 선생의 걸작 '김정희 필 세한도' 현대판 같다고 했다. 집이 작고 앙상해서 닮아 보였는지 모르겠다. 보잘것없는 집이 감히 '세한도'에 비교되니 멋쩍다. 세한歲寒은 '설 전후의 추위', 즉 한겨울 추위를 뜻한다. '세한도'를 보면 추위가 얼마나 매서운지 군살 하나 남기지 않은 소나무, 잣나무가 이를 앙다물고 섰다.

《주역》에 '지뢰복地雷復' 괘가 있다. 《주역》의 64괘는 24절기와 관련지어 풀기도 한다. 밤이 가장 긴 동지가 지뢰복 괘로, ䷗ 형상으로 표현된다. 그런데 이상한 점이 있다. 《주역》에서 음(--)은 그늘을 상징하고, 양(—)은 볕을 상징한다. 밤이 가장 긴 절기를 괘로 상징하려면 아래위 여섯 개 효爻가 전부 음(--)으로 덮인 게 순리에 맞지 않을까? 하지만 지뢰복 괘 ䷗는 맨 아래 볕 양(—)이 하나다. 이름도 땅(☷) 아래 우레

(☳)가 움튼다고 회복할 복復 자를 써서 지뢰복 괘다. 자연의 이치는 절묘하다. 가장 차오른 보름달은 그 순간 꺼지는 성질이 있고, 가장 꺼진 그믐달은 그 순간 차오르는 성질이 있지 않은가. 마찬가지로 동지는 밤이 가장 길면서 낮이 길어지려는 순간을 포함하므로, 《주역》은 그늘(--) 맨 아래 볕(—)을 묻어 24절기 중 밤이 제일 긴 날을 상징한다고 생각했다.

우리네 삶도 이와 같을 것이다. 살다 보면 한 번쯤 큰 어려움을 겪게 마련인데, 시련의 맨 밑바닥까지 내려간 순간은 다시 올라올 순간을 포함할 것이다. 그 순간을 지뢰복 괘의 맨 밑에 놓인 볕(—) 하나라고 생각하자. 그것은 어쩌면 '세한도'의 소나무와 잣나무가 군살 하나 남기지 않고 뼈만 드러낸 채 이를 앙다문 정수精髓와도 같을 테다. 왜소하고 앙상한 내 집도 누군가에게 잠시나마 볕 하나로 기억되면 좋겠다. 이런 생각을 하다가 문득, 나중에 집 이름에 '볕'을 넣으면 좋겠구나 싶었다.

연분홍 치마가 봄바람에

마감 작업은 골조 세우듯 성큼성큼 나가는 일이 아니라 감질이 나고, 세밀한 솜씨가 필요하다. 이런 일은 아내가 적격이지만 일주일에 하루 이틀이다. 섬세함과 거리가 먼 내가 마감 작업에 매달리니 자꾸 어긋나는 일이 생긴다.

벽체 귀퉁이 마감도 그랬다. 귀퉁이는 시멘트 사이딩이 만나는 자리라 막아주지 않으면 지저분하고, 자칫 빗물이 들어갈 수 있다. 이 부분을 감싸는 작업을 몰딩이라고 한다. 진주까지 가서 5만 원 넘게 주고 산 몰딩 마감재를 쓰려니 너무 약하고 못 박기도 쉽지 않게 생겼다. 실망해서 창고에 두고, 고민하다가 골조를 세운 구조목을 쓰자 결정했다. 2×4in와 2×6in 목재를 벽체 길이에 맞춰 재단해서 'ㄱ 자형'으로 못을 박았다. 윗부분은 처마 각도에 맞게 잘라야 하므로 세밀해야 한다. 혼자 요령을 찾아 벽체 귀퉁이에 'ㄱ 자형' 목재를 붙인 다음 재빨리 못총을 한 방 쐈다. 박힌 못의 힘이 대단해 그다음부터 일사천리였다. 짱짱하다 싶을 정도로 붙여놓으니 나무 기둥을 세운 듯 볼만했다.

네 귀퉁이 중 마지막 귀퉁이에 'ㄱ 자형' 목재를 고정하려고 못총으로 쏘는데, 맨 아래가 쫙 쪼개졌다. 못쓰게 된 건 아니지만 쪼개진 부위가 아주 보기 싫었다. 외벽 마지막 몰딩 작업이라 예쁘게 마무리하고 싶었는데 언짢았다. 어쩔까 1분 정도 생각하다가 그라인더를 사포날로 갈아 끼우고 쪼개진 부위를 다듬었다. 이게 웬일인가! 생각보다 예쁜 곡선이 나왔다. 오히려 인정머리 없는 직선보다 훨씬 자연스럽고 살갑게 느껴졌다. 내가 경량 목구조로 집을 짓는다니까 마을 이웃 한 분이 "목재의 장점은 수정이 가능하다는 거죠"라고 말한 적이 있다. 정말 그랬다. 버리지 않고 살려 쓰니 오히려 포인트가 생겼다.

외부 마감의 꽃, 칠 작업을 할 차례다. 목재부터 시작했다. 목재는 오일 스테인을 칠해야 한다. OSB 합판 재질인 처마 벤트와 외벽 귀퉁이의 'ㄱ 자형' 몰딩이 오일 스테인을 칠할 곳이다. 한 번 칠하고 마른 다음 한 번 더 칠해야 목재 보호에 좋다. 다 칠하니 제법 괜찮았다. 윗집 이웃도 한마디 하셨다. "집이 확 달라졌어요."

1월 23일, 드디어 외부 마감 마지막까지 왔다. 벽체에 페인트를 칠할 차례다. 이 작업은 아내와 해야 했다. 외벽은 그 집의 얼굴 아닌가! 내 형편없는 미적 감각 때문에 생길 뒷일을 감당할 자신이 없었다. 작업량도 많아 두 명은 붙어야 할 것 같았다. 시멘트 사이딩에 칠하므로 수성페인트를 써야 한다. 먼저 색상을 선택했다. 지난번 처마 밑 시멘트 보드에 칠한 적갈색 페인트가 많이 남았다. 여기에 흰색을 섞으면 연한 황토색 비스름한 색상이 나오려니 했다. 진짜 그렇게 생각했다, 우리는.

흰색 페인트 큰 것 두 통을 사다가 회심의 색상을 기대하고 섞었다. 얼마 못 가 우리는 말문을 닫았다. '립스틱 짙게 바른'

외벽 몰딩 후 페인트칠한 모습

분홍색이었다. 나는 그런 색을 칠한 가정집 벽을 본 기억이 없다. 잠시 침묵하다가 흰색 페인트를 더 부었다. 좀 연해지기는 했으나 여전히 분홍색이었다. 누가 먼저랄 것도 없이 웃음보가 터졌다. 이것도 인연이니 일단 칠해보자고 의기투합했다. 벽체 앞면을 1/3 정도 칠했을까. 아무리 생각해도 분홍이 너무 진했다. 남은 흰색 페인트를 들이부었다. 이제야 '연분홍 치마가 봄바람에 휘날리는' 분홍색이 됐다. 우리는 그리됐다고 서로 위로했다. 연한 색으로 진한 색을 덮으려니 몇 번을 덧칠했는지 모른다. 생각하지 않으려고 애써 칠만 했다. 사방이 어두워져서 트럭 전조등을 켠 뒤에야 일이 끝났다. 고생했다고 말해야 할 대목에서 누군가 "어두워져서 다행"이라고 했다.

이튿날 집을 봤다. "이쁜걸! 괜찮아." 아내가 뜻밖에 감탄사를 연발했다. 나도 따라 감탄사가 나와야 마땅하다. "그려, 이쁘네! 괜찮네!" 불쌍한 우리 집은 밤새 뒤척이며 잠 못 이뤘을 테지만, 비로소 사랑받는 '이쁘고 괜찮은' 집이 됐다.

7 단열, 천장, 실내 벽

내 단열재는 어디에

단열재를 구하느라 애먹었다. 벽체와 천장에 단열재를 시공하지 않으면 실내 작업은 한 발짝도 진행할 수 없다. 배선과 화장실 수도 배관을 빼고 모든 실내 작업은 단열재를 시공한 다음 진행한다. 시공 순서가 그렇기에 나는 진작부터 단열재를 알아봤다.

경량 목구조 건축은 단열재로 인슐레이션을 사용한다. insulation이라는 단어가 우리말로 단열재를 뜻하지만, 현장에서는 글라스 울(유리섬유) 단열재 가운데 경량 목구조 건축 전용으로 제작한 것을 통칭한다. 화재에 강하고 통기성이 우수한 글라스 울을 단열재로 쓰다 보니 자연스럽게 '글라스 울 단열재=인슐레이션'이라는 말이 자리 잡은 것이다.

그동안 거래해온 자재 업체 직원에게 인슐레이션의 견적을 뽑아달라고 했다. "인슐레이션이 지금 돌지를 않아요. 수입이 안 되고 있대요. 저희도 재고가 거의 없네요." 국내에서 유통되는 인슐레이션은 전부 수입품이라 해도 무방한데, 수입이 끊겼다는 것이다. 들어오면 연락해달라고 부탁했지만 감감무소식이었다. 전화를 걸어도 없다는 대답뿐이었다. 통화할 때마다 이상한 기미는 있었다. 확보하고 내놓지 않는 느낌? 없으면 없다고 하면 될 것을 자꾸 사업자 등록 이름이 뭔지 확인하고 나서 답했다. 가까운 업체는 다 통화했지만 한결같이 없다고 했다. 거리가 좀 떨어진, 국내에서 가장 큰 건축자재 업체 대리점에도 전화했다.

"있긴 한데 그것만 팔진 않아요. 다른 자재를 같이 구입해야 팔 수 있어요."

"다른 자재는 어느 정도 사야 해요?"

"조금은 안 되고 덩치 큰 걸 한꺼번에 구입하셔야죠."

수소문한 지 한 달이 지나고 보름을 넘기도록 구경도 못 했다. 인슐레이션을 확보하고 있다는 인터넷 광고를 보고 연락한 적이 있다. 나한테 필요한 규격 제품이 있다는 안내까지 받아 주문했는데, 이틀이 지나도 연락이 없기에 다시 전화하니 말을 바꿨다. "착오가 있었나 보네요. 안 팔아요."

여러 자재 업체와 통화하면서 감을 잡았다. 품귀 현상이 있는 건 확실하고, 작은 자재상까지 물건이 돌지 않는다. 규모 있는 자재상은 확보하고 많은 자재를 함께 거래하는 건축업자한테만 찔끔찔끔 푼다. 그러니 자재 규모가 작고 한 번 거래하고 끝날 개인에게는 내놓지 않는 것이다.

그러다 프랑스 유명 건축자재 회사의 인슐레이션 공장이 국내에도 있다는 것을 알게 됐다. 그 공장으로 직접 전화했다. 제품은 대리점을 통해 구입하라면서 연락처를 가르쳐줬다. 이 회사 제품은 품질이 꽤 좋은 모양인데 값이 더 비쌌다. 내 처지에 선택의 여지가 없었다.

1월 하순에야 비로소 인슐레이션을 예약했다. 주문생산이기 때문에 2~3주 걸린다고 한다. 애먹은 덕분에 건축자재의 유통 구조와 업체의 생리를 알았다. 다시 집을 지으면 이런 일로 골치 썩지 않을 자신이 있다. 그러나 내 손으로 집 짓기는 한 번으로 족하리.

소리를 받아 적으며 우포늪을 걷다

단열재가 올 때까지 실내 작업은 할 일이 없다. 기다리는 동안 주변이나 정리하자고 나섰다. 집 뒤뜰 평탄 작업부터 시작했다. 땅이 얼어 쉽진 않았지만, 곡괭이까지 동원하니 뒤뜰이 점점 넓어졌다.

1월 27일, N 형과 J씨 그리고 나와 첫 인사를 나눈 I씨가 와서 1박 2일 머물렀다. N 형은 지난해 9월에도 다녀갔다. 몸이 점점 굳어가는 병을 앓고 있어서 걱정하는 이가 많은데, 불편한 몸으로 벽체 세우는 작업을 거들었다. 여성인 J씨는 N 형과 함께 비정규직 노동 현실을 개선하기 위해 애쓰고 있다. I씨는 노동자들이 살아가는 이야기를 싣는 월간《작은책》의 주요 테마 글을 맡아서 전국을 누비며 인터뷰한다. 세상에는 돈 안 되는 일에 열과 성을 다하는 이가 많다.

구원 등판한 벗들이 오후 한나절 곡괭이질과 삽질, 호미질을 부지런히 한 덕에, 특히 몸 불편한 N 형이 곡괭이까지 휘두른 덕에 뒤뜰이 몰라보게 환해졌다. 햇살이 오래 머물러 따사로운 뒤뜰은 작은 남새밭을 일궈도 좋겠고, 창고나 작업 공간을 마련해도 괜찮을 것 같다.

시골살이는 봄부터 가을까지 바쁘고 겨울이 와야 여유로운데, 겨우내 바깥나들이 한 번 못 했다. 나도 모르게 마음이 급

뒤뜰 작업

했나 보다. 단열재 올 때까지 잠시 여유를 즐기자 싶었다.

하루를 통째로 비워 우포늪에 갔다. 이른 아침 우포늪은 세상이 가라앉은 느낌이었다. 둘레길 9km를 시간을 붙잡아 세워놓고 하나하나 곱씹으려는 듯 천천히 걸었다. 멀리 물 위에서 제각각 다른 새들이 저마다 소리를 냈다. 귀 기울이니 마치 서로 묻고 답하는 것 같았다. 바람은 억새가 쓸리는 소리며 나뭇잎이 내는 마른기침 같은 소리를 모셔온다. 거칠 것 없이 탁 트인 제방에 올라서니 세상 모든 차고 사나운 바람이 오로지 내 귀로 몰려들었다. 소리와 소리를 받아 적으며 천천히 걷다 보니 어느새 출발 지점이다. 겨울 아침 고즈넉한 우포늪이 참 좋았다.

2월 3일, 숙소에서 200m 남짓한 현장까지 엎어지면 코 닿을 출근길이 설렜다. 설 지나고 임인년 첫 출근이기 때문이다. 내부 공사 준비를 위한 정리 작업부터 시작했다. 안 쓰는 자재는 창고로 옮기고, 여기저기 있는 공구를 정돈하고, 그동안 애쓴 장비는 밖으로 꺼내 기름칠했다. 큰 태커, 핸드 태커, 그라인더, 컴프레서, 직 쏘, 마이터 쏘, 전동 드라이버, 임팩트 드라이버 등등. 처음엔 이름도 생소하던 장비들이 제법 친숙해졌다.

일을 마치고 숙소로 돌아오니 택배 상자가 있었다. 청주 사는 G씨가 시골살이에 필요할 거라며 장갑 한 상자를 보냈다. 코팅 장갑, 면장갑이 적당히 섞인 걸 보니 용도에 맞게 쓰라는 배려다. G씨가 노동조합 활동을 하다 해고돼 몇 년 동안 겪은 고초를 나는 쭉 지켜봤다. 고맙게도 그때 인연을 잊지 않고 선물을 챙겨 보낸 것이다.

보름을 기다린 끝에 단열재가 도착했다. 벽체에 미리 이중관을 삽입하려고 주문한 화목 난로 연통 세트도 받았다. 주말에 벗들이 멀리서 일손을 보태러 온다니 그 전에 준비를 마쳐야 했다. 수도관 본선에서 화장실 수전까지 PB관을 연결했다. 석고보드 70장, OSB 합판 18장, 화장실 천장에 부착할 내수 합판과 시멘트 보드, 석고보드용 본드와 시멘트 보드용 본드를 준비했다.

외벽 시멘트 사이딩을 그라인더로 뚫어 화목 난로 연통 구멍을 만들었다. 그 연통 구멍에 불연소 단열재로 감싼 이중관을 삽입했다. 이중관은 연통을 감싸는 또 다른 관이다. 목조 주택에는 화재 예방을 위해 반드시 설치해야 한다. 벽체를 뚫으며 시멘트 사이딩 가루를 실컷 마신 핑계로 윗집 이웃과 막걸리 한 잔 나눴다. 천장에 오르내릴 점검구 자리를 만들기 위해 틀을 짰다. 시범 삼아 단열재 몇 개를 설치했다. 준비는 끝났다. 이제 벗들 영접할 술과 안주를 사러 가자.

단열, 천장, 내부 벽체

2월 12일, 천장과 벽체 안에 인슐레이션을 넣는다. 유리섬유 때문에 마스크와 우비를 준비했다. Y·M 부부와 J, 우리 부부가 함께 일했다. 이 팀은 지붕 합판, 방수 시트 작업 때 호흡을 맞췄다. 인슐레이션 작업은 기밀이 가장 중요하다. 꽉 채우지 않으면 결로가 생겨 목재에 곰팡이가 핀다. Y·M 부부와 J가 인슐레이션을 채우면 우리 부부는 조각을 잘라서 조금이라도 틈새가 생기지 않도록 이 구석 저 구석을 채워갔다. 전선이 지나가는 자리, 콘센트가 삽입된 자리는 더 신경 써야 했다.

지붕 합판 작업할 때도 느꼈지만, 이 팀은 속도가 아주 빠르다. 이 팀이 다녀가면 뭔가 일이 되는 것 같다. 그러나 빛이 있으면 그늘도 있는 법. 이 팀과 일하면 내 고초가 크다. 1년 후배들이지만 서로 알 것 다 알고 같이 늙어가는 마당에, 더군다나 일 도와주러 온 입장에서 아쉬울 것 없이 잔소리를 퍼붓는다. J의 등쌀이 유난스러웠다. 툭하면 건축주가 어리바리해서 일이 안 된다고 타박했다. 일전에 이 팀과 일하고 나서 구석구석 본 자리 또 봐가며 하자를 찾아 욕을 퍼부었는데, 속이 그렇게 시원할 수 없었다.

벽과 천장에 인슐레이션을 다 채웠다. 천장 석고보드 작업이다. 벽체와 천장은 반드시 석고보드로 마감해야 한다. 화재

천장 단열 작업

예방 때문이다. 천장은 석고보드를 장선에 부착해서 전부 시공한 다음, 한 장을 덧대어 두 겹으로 시공한다. 나는 천장 장선에 본드를 칠했다. Y·M 부부는 석고보드를 재단했다. J는 태커를 쏘아 석고보드를 천장 장선에 고정했다. 이때 태커 핀이 천장 장선에 정확히 박혀야 힘을 받는다. 장선 폭이 24in로 넓은 편이라, 석고보드가 장선에 걸리지 않을 때가 있어 그 부분을 고정하는 데 애먹었다. 그렇게 1차 작업을 마치고 다시 석고보드에 본드를 칠해 두 겹으로 덧붙였다.

이튿날도 일을 계속했다. 화장실 천장은 거실과 달리 내수 합판을 먼저 붙이고 시멘트 보드를 덧붙였다. 시멘트 보드는 화재 예방과 방수 기능이 있다. 단열 작업, 천장 작업이 끝났다. 진도 나간 김에 안방과 거실에 OSB 합판을 몇 장 붙였다. 주말 오후, 우리는 녹초가 됐다. 멀리서 온 벗들은 간밤에 소주를 짝으로 마시느라, 나는 잔소리 듣느라 녹초가 됐다.

인슐레이션 작업 때 천장 위에서 헛디뎌 오른쪽 가슴팍을 장선에 부딪혔다. 덕분에 바닥으로 추락하는 것은 면했으나 충격이 컸다. 통증은 일이 끝나야 오는 법. 하도 욱신거려 이틀을 쉬고 혼자 내벽 OSB 합판 작업을 시작했다. 조급증을 버리면 높이 2440mm 합판을 혼자서 자르고, 나르고, 최대한 위로 바짝 올려서 요령껏 버틴 채로 못 박는 일도 할 만하다. 이때 합판 양쪽을 받쳐줄 받침대와 합판을 바짝 올려줄 작은 지렛대가 필요하다. 지렛대를 발로 누른 상태에서 못총을 쏜다. 그래도 이런 일은 우르르 모여서 해야 속도가 붙는다.

천장 석고보드 작업

다시 주말이 되자 H · E씨 부부가 한 번 더 시간을 내줬다. "이렇게 내려와서 일하는 게 참 즐거워요." "저한테는 이게 힐링이에요." 내 눈에 H씨는 보시하면서도 보시한다는 생각을 잊은 보살이다. 장애인 보호 작업장에서 여러 가지 일을 책임지는, 쉽지 않은 일을 대하는 모습을 봐도 느낄 수 있다. 전에 H씨가 직접 제작해 선물한 테이블 쏘를 창고에서 몇 달 만에 꺼냈다. 합판 재단이 빠르고 정확해졌다. 안방과 거실 벽엔 OSB 합판을, 화장실 벽엔 내수 합판을 붙였다. 콘센트 넣을 자리를 위치와 크기에 맞게 일일이 따내느라 시간이 제법 걸렸다. 토요일 오후와 일요일 오전을 함께 일한 덕에 합판 작업을 거의 끝냈다. 겨울 작업도 끝물에 접어들었다.

그리운 것은 어떻게 오는가

내 숙소에서 40m쯤 떨어진 곳에 낡은 마을 창고가 있다. 마을 사람들이 쌓아둔 짐 틈바구니에 고양이 가족이 산다. 알록달록한 어미 고양이, 알록달록한 새끼 한 마리와 노란 새끼 두 마리까지 모두 네 마리다. 사람 손을 타지 않은 길고양이다. 가끔 짐을 꺼내러 들르면 나와서 놀다가도 소리가 나기 무섭게 후다닥 사라진다. 먹고 남은 멸치 쪼가리를 놔도 모습을 보여주는 법이 없다.

오는 정이 없으니 가는 정도 거둘 수밖에. 무심히 지내다 문득 고양이 가족과 친해지자고 마음먹었다. 쓸모가 생각났기 때문이다. 집이 완공되면 입주할 텐데, 고양이 가족이 그 근처에서 터를 잡으면 쥐와 뱀이 얼씬도 못 할 것이다. 잽인 듯, 훅인 듯 툭툭 후려치는 고양이 발끝에 걸리면 큰 뱀이라도 내뺄 수밖에 없다.

나는 숙소 앞에 사료를 두기 시작했다. 지금부터 친해져서 고양이 가족이 새집으로 찾아오도록 유인할 생각이었다. 녀석들은 사료만 야금야금 먹어 치우고 좀처럼 얼굴을 보여주지 않았다. 간혹 사료를 먹다 마주치기라도 하면 어미 새끼 할 것 없이 창고 쪽으로 냅다 도망쳤다. 며칠이 가고, 사료를 먹다가 나와 눈이 마주쳤다. 새끼들은 내빼고 어미도 후다닥 튀는가 싶더니, 멀찌감치 앉아 나를 쳐다봤다. 나는 예상치 못한 상황에 감격했는지 혹은 당황했는지 어미 고양이에게 세상 가장 예쁜 이름을 지어준다는 것이 그만 "야옹아~" 하고 말았다.

'야옹이'도 이름은 이름이어서, 이름을 붙여준 순간부터 보고 싶은 마음이 생겼다. 보고 싶은 마음이 생기자 야옹이가 내 애간장을 녹인다. 그 엉큼하고, 얌체 같고, 도도한 것이 더는 도망치지 않고 멀찌감치 앉았다가 사료를 부어주고 들어가면 그제야 먹어 치운다. 혹시라도 내가 쳐다보고 있으면 저도 먹다 말고 나를 빤히 보고, 내가 한 발짝 다가서면 냉큼 몇 발짝 옮겨 가 웅크리고 앉아 다시 나를 빤히 본다.

야옹이와 나 사이엔 아주 멀지도, 그렇다고 가깝지도 않은 거리가 생겼다. 그 거리는 고정된 것이 아니다. 다가가면 금세 멀어지고, 그러다 시큰둥해지면 야금야금 가까워진다. 어느 날부터는 밥때를 알았는지 아예 새끼들을 거느리고 죽치고 앉아 있다. 새끼들은 후다닥 도망가고 야옹이는 여전히 거리를 둔 채 말이다.

하루는 주차장에서 마주쳤는데, 쪼르르 따라와선 사료 그릇 옆에 앉았다. 또 다른 날은 "야옹아" 부르자, 창고 쪽에서 나를 향해 오는 것이 보였다. 애간장이 녹도록 더디게… 그러다 어느 날부턴가 갑작스레 고양이와 내 사이는 가까워졌다.

겨우내 찬 바람을 맞으며 일했다. 바람은 지나가는 게 아니라 쌓인다는 걸 알았다. 찬 바람은 내 몸과 마음을 비집고 들어와 쌓였다. 2월 중순이 넘어가면서 봄을 기다리는 마음이 각별해졌다. 기다리는 마음이 각별해지는 순간, 봄은 애간장을 녹인다. 따스한 햇살이 몸을 나른하게 어루만지는가 싶더니, 며칠은 한겨울 못지않은 바람이 불어 손발을 오그라들게 했다.

그러다 봄은 올 것이다. 냉이가 여기저기 돋고, 개울의 얼음이 완전히 풀리고, 찬 바람 쌓인 가슴을 따스한 봄바람이 녹일 것이다. 손 타지 않은 고양이가 나와 가까워지기 위한 시간을 웅크리고 있던 것처럼, 봄은 올 듯 말 듯 또 올 듯 말 듯 사람 애간장을 녹이다가 어느 날 갑작스레 내 옆에 와 있을 것이다.

천장 석고보드가 늘어진 까닭

벽체 OSB 합판 위에는 석고보드를 덧붙여야 한다. 화재를 예방하기 위해서다. 석고보드에 전용 본드를 넓게 바르고 합판에 붙인 다음, 태커를 쏘아 고정했다. 이 작업은 내내 혼자 했다. 일은 생각보다 더디게 진행됐다. 남은 공간을 채우려니 일일이 재단해야 했기 때문이다. 창호 쪽도 마찬가지다.

그렇게 석고보드 작업을 하던 중, 문득 천장을 보다가 기겁했다. 석고보드가 처지고 있었다. 천장에 석고보드를 붙일 때 천장 장선 위치에 정확히 태커 핀을 박아야 하는데, 헛방이 여러 군데 있어 힘을 못 받은 석고보드가 여기저기 늘어지는 것이다. 책임 소재 따지기는 나중 문제. 어떻게 보강할까 생각하다 야무지게 나사못을 죄기로 했다.

문제는 석고보드에 가려 보이지 않는 장선 자리를 찾는 일이다. 장선이 놓였을 것이 100% 확실한 위치를 기준점 삼아 24in 간격으로 먹줄을 놨다. 몇 달 전 같았으면 혼자 먹줄을 어떻게 놓을까 했겠지만, 지금 나는 어엿한 목수다! 나사못 머리를 약간 남기고 죈 다음 거기에 먹줄을 걸었다. 꽤 많은 시간 공들여 보강 작업을 마쳤다. 천장이 짱짱해졌다. 대신 저 나사못 자국은 세월이 흘러도 천장 벽지에 '헛방'의 증거로 고스란히 남을 것이다.

벽체 석고보드 작업

일을 마치고 잠시 앉았다. 일하다 다친 곳은 일이 끝나야 통증이 오듯, 일을 마치니 슬슬 화가 났다. 여봐란듯이 헛방을 쏴댄 작자가 "건축주가 어리바리해서 일이 안 된다"고 면박을 준 J라 부아가 치밀었다. 그럴수록 '어리바리'란 말이 사무쳐서 폭발하기 직전이었다. 붉으락푸르락하며 화를 삭이는데 하필 J한테 전화가 왔다. "형, 나 3월 7일부터 2주 동안 시간 돼. 가서 일 좀 도와줄게." "그래? 고마워, 헤헤." 전화 끊으니 더 부아가 나고 서글픈데, 그 까닭을 알 수 없었다.

3월이다. 작년 6월에 시작한 공사는 계절을 세 번 넘기고 있다. 비가 가시고 방수포를 걷어 석고보드 작업을 계속했다. 아래 논에서 개구리가 '떼창'을 한다. 드디어 봄이구나. 개구리가 떼로 운다는 건 잠시 꽃샘추위가 다녀갈망정 봄은 되돌릴 수 없다는 뜻이다. 이틀 더 일하고 석고보드 작업이 끝났다. 하늘을 올려다보니 매가 오래도록 날고 있었다. 매한테도 봄이 온 것이다. '저 매의 눈 때문에 일을 꼼꼼히 하지 않을 수 없구먼.' 봄기운 덕분인지 마음이 한결 여유로워졌다.

3월 7일에 온다던 J는 일주일 늦어진다고 했다. 화장실 벽에 시멘트 보드를 붙였다. 말 그대로 시멘트 성분의 판이다. 실내에는 화재 예방을 위해 석고보드를 마지막에 붙이고 그 위에 벽지를 바른다. 하지만 화장실에는 단단하고 물에 강한 시멘트 보드를 설치한 뒤, 그 위에 타일을 붙인다. OSB 합판 크기에다 무겁고 휘청거려서 혼자 작업하기 여간 어렵지 않았다. 시멘트 보드에 우레탄 본드를 바르고 화장실 벽체의 내수 합판에 댄 다음 나사못으로 고정하는 일이다. 이 작업을 혼자 할 자신이 없어 처음엔 반으로 잘라 부착했는데, 호기가 발동했다. '까짓것 자르지 말고 해보지 뭐.' 이때까지 쌓아온 노하우를 동원해 기어이 자르지 않고 설치했다. 화장실 벽체도 시멘트 보드를 재단해서 붙여야 할 곳이 여기저기 생겼다. 마스크와 보안경을 착용했지만, 시멘트 가루를 뒤집어썼다.

퍼티 작업을 할 차례다. 공사 현장에서 '빠데'라고 하는 퍼티 작업은 벽면 틈새를 석회 반죽으로 메우는 일이다. 이렇게 해야 벽지를 뜬 곳 없이 편편하게 바를 수 있다. 벽면과 천장의 벌어진 곳곳에 석회 반죽을 채웠다. 화장실 천장과 벽체에 시공한 시멘트 보드 역시 빈틈을 메워야 한다. 이곳은 방수가 중요하므로 실리콘을 사용했다.

이 작업까지 마치고 화장실 문틀을 설치했다. 가장 널리 사용하는 ABS 도어의 문틀이다. 문틀을 고정할 때는 창호와 마찬가지로 상하좌우에 틈을 줘야 한다. 수직과 수평을 잘 맞춘 상태에서 그 틈에 우레탄폼을 채우는 것이다. 우레탄폼은 굳으면서 보기보다 훨씬 강한 힘으로 물체를 밀어낸다. 문틀이 우레탄폼에 밀려 안으로 오그라들지 않도록 각재를 문틀 사이에 끼웠다. 하룻밤 자고 나니 각재 일부가 떨어졌다. 문틀과 문틀 사이 치수를 재보니 위아래 부분이 약간 오그라들었다. '이 정도는 괜찮겠지' 하고 넘어갈 수밖에. 문은 화장실 공사까지 마치고 설치하기로 했다.

바닥 단열 작업을 마치다

J가 일주일은 시간을 낼 수 있다며 왔다. "건축주가 어리바리
해서 일이 안 된다"고 밥 먹듯이 면박을 주는 J, '어리바리' 못
지않게 천장에 헛방을 마구 쏘아 석고보드를 늘어지게 만든 J,
일주일을 도와주겠다며 만사 제쳐두고 먼 길 달려온 J는 믿기
지 않지만 동일인이다. 그러니 한 사람의 세계는 그 자체로 얼
마나 큰 우주인가.

3월 12일, 둘이 일을 시작했다. 화장실부터 손보기로 했다.
화장실은 계획한 대로 물을 쓰는 세면 공간과 볼일 보는 공간
으로 나눴다. 레미탈에 물을 부어 비빈 다음 시멘트벽돌을 쌓
아 공간을 분리하도록 턱을 만들었다.

레미탈 여러 포대를 세면 공간 바닥에 붓고, 물매를 주어 하수
구로 물이 흐르도록 한 뒤 판판하게 다졌다. 물을 흥건하게 뿌
리고 꼭꼭 밟아서 다진 뒤 다시 물을 뿌린다. 이것을 여러 번 반
복하고 반반하게 미장했다. 나중에 여기다 타일을 붙일 것이다.

긴장되는 순간, 바닥 단열 작업이 시작됐다. 바닥 난방을 하
지 않는 대신 선택한 방법이 바닥 단열재 시공이다. 알아보니
바닥 난방이 압도적 대세인 우리나라에서는 시공 노하우가 부
족한 것 같았다. 여러 의견을 참조해 건축주인 내가 결정할 수
밖에 없었다.

지난 12월 4일, 후배들이 찾아와 콘크리트기초 바닥이 평평하도록 바닥 미장 작업을 했다. 전문가 솜씨가 아니라 바닥은 완만하게 들어간 곳과 올라온 곳이 있다.

그 바닥에 단열재를 깐다. 압출법 보온판을 썼다. 시중에는 모 회사의 아이소핑크가 많이 유통되는데, 다른 회사에서 나온 같은 재질의 골드폼을 사용했다. 골드폼에 우레탄폼을 분사해서 바닥에 붙였다. 움푹 들어간 바닥은 우레탄폼을 분사해 메웠지만 완벽할 수 없다. 바닥 단열 효과를 높이기 위해 골드폼을 두 겹으로 시공했다. 단열재와 단열재의 틈새, 단열재와 벽체의 틈새는 냉기를 차단하고 꿀렁거리지 않도록 우레탄 본드를 분사했다. 베테랑 목수를 친구로 둔 J가 한마디 했다. "형, 친구는 본드를 되도록 안 쓰려고 하더라고. 목조 주택은 특히." 일리 있는 말이다. 나도 개운치는 않지만, 우레탄 본드 없이 단열재 틈새의 냉기와 습기, 꿀렁거림을 잡을 방법이 떠오르지 않았다. 시공 노하우가 쌓이지 않은 바닥 단열 작업이라 그렇다.

구석으로 갈수록 재단하느라 손이 많이 갔다. 꽤 시간을 들여 화장실을 뺀 실내 공간 전체를 시공했다. 싱크대가 자리 잡을 위치에는 하수구 구멍이 있다. 건축법상 하수 배관을 해야 하므로 일단 해놨지만, 싱크대 물을 받아서 밭에 뿌리기로 마음먹었으니 고민할 것 없이 구멍을 막았다. 아내와 미리 상의한 일이라도 아내가 없을 때 막아야 했다. 견물생심이라고 막지 않으면 계속 미련이 남을 테고, 그러다 싸움이 날 수도 있다.

바닥 단열재 시공

단열재 위에 합판 설치

단열재 위로 OSB 합판을 설치했다. 보통 많이 쓰는 두께 12mm 합판을 쓸까 하다가, 항상 발을 딛고 살아야 하니 돈이 더 들어도 견고하게 하자 생각했다. 그래서 두께 18.2mm T&G 합판을 준비했다. T&G 합판은 암수가 맞물리도록 제작됐다. 주로 경량 목구조 주택 2층이나 다락방 바닥재로 사용한다.

암수가 맞물리도록 결합하기가 쉽진 않았다. 나는 유튜브 영상을 봤지만, J는 친구 목수와 일하면서 배웠다. 합판이 상하지 않도록 목재를 대고 이쪽저쪽 망치로 쳐가면서 결합했다. 합판을 치수에 맞게 재단하고, 합판 면에 본드를 분사해 단열재에 붙이고, 합판과 합판의 틈과 합판과 벽체의 틈 역시 우레탄 본드로 채웠다.

여러 날 걸려 바닥 단열 공사가 끝났다. J가 무척 애썼다. 진심 고마웠다. 어떤 잔소리도 한 귀로 흘려보낼 수 있었다. 1953년 개봉한 서부영화 〈셰인〉의 유명한 마지막 장면. 주인공 셰인(앨런 래드 분)은 마을 주민들을 괴롭히는 일당을 일망타진하고 "돌아와요, 셰인!" 외치는 조이(브랜든 드 와일드 분)를 뒤로한 채 말을 타고 사라진다. J와 나는 〈주말의명화〉 세대다. 공사가 끝나자 J는 밥 먹고 가라는 내 간청을 뒤로하고 차를 몰아 황야로 사라졌다. 여운이 남았다.

나만의 시간이 왔다. 살얼음 밟듯이 합판 위를 몇 걸음 걸었다. 제법 단단했다. 그런데 발을 내디딜 때 살짝 뽀드득 소리가 났다. 어느 건축물에서도 들어보지 못한 소리였다. 몇 발짝 더 내디뎠다. 여기저기서 꿀렁거리는 느낌이 발바닥을 타고 올라왔다. 내 귀와 발바닥은 합판 바닥과 첫 대면에 낯을 가렸다.

나는 여기에 살 사람이므로 뽀드득 소리와 꿀렁거리는 느낌을 온전히 받아들일 필요가 있었다. 화장실을 빼면 10평이 안 될 합판 바닥을 걷기 시작했다. 걷기 명상이라 생각하자면서 걷고, 지나고 나면 이것도 추억이겠지 하면서 걷고… 그렇게 걷고 또 걷다가 마침내 흡족한 한마디가 내 입에서 나왔다. "운치 있군! 오솔길 걷는 기분이야!"

자립과 소박한 삶을 위하여

11.3평짜리 작은 집 한 채 짓는 것도 큰일이라고 봄이 오도록 마늘밭 한 번 못 가봤다. 3월 18일, 비가 그치고 날이 갰다. 간만에 마늘밭에 나갔다. 두껍게 덮은 마른 풀을 뚫고 연녹색 마늘 싹이 올라왔다. 우리는 같은 이유로 애썼다. 나는 내 삶 터에 뿌리내리기 위해 애썼고, 씨마늘은 제 삶터에 뿌리내리기 위해 애썼다.

 비 온 김에 집 짓는 일을 물리고 나무를 심었다. 집에서 오른쪽 산 아래 두릅나무 37주를 심었다. 지난 12월에 쓰레기를 걷어낸 비탈땅에는 유실수를 심었다. 사과나무, 돌배나무, 감나무, 호두나무, 모과나무, 복숭아나무, 천도복숭아나무, 개복숭아나무, 앵두나무, 왕보리수나무, 무화과나무, 체리나무 등의 묘목이다. 목련 꽃의 단아한 모습을 좋아해 어린나무로 한 그루 심었다. 올해도 내 삶터에 뿌리내리기 위한 집 짓기를 이어가야 한다. 입주한 뒤에는 창고를 짓고 세간살이를 만들어야 한다. 여전히 어디 가서 목수라고 명함도 못 내밀 수준이라, 올해까지는 어린나무를 보살필 여유가 부족할 것이다. 묘목을 심으면서 말했다. "야박하다 하겠지만 잘 살아남아라."

 산골 마을에 들어오면서 먹고사는 문제를 생각하지 않을 수 없었다. 나는 몇 가지 원칙을 정했다. 첫째, 먹거리를 자급하자. 둘째, 생활을 유지하기 위해 최소한의 범위에서 소비하자. 셋째, 최소한의 소비를 위해 돈이 생길 조건을 만들자.

인연이 닿으면 벼농사를 약간 지을 생각은 있지만, 그 외 땅은 더 늘리지 않기로 했다. 내가 지을 밭농사 규모는 집터의 땅을 개간하고 마을 공동 텃밭에서 분양받는 것을 합하면 200~250평은 될 것이다. 거기서 농사지어 쌀을 제외한 어지간한 먹거리를 자급해야 한다. 농업 경영체 등록을 해서 농사지으면 해마다 지급되는 공익형 직불금과 농민 수당, 그 밖의 여러 혜택을 받을 수 있다. 그러자면 농지를 1000m²(302.5평) 이상 경영하거나 경작해야 한다. 아쉽지만 내 터는 이 조건을 충족할 수 없고, 농지가 아니라 산지다. 이 조건을 충족하자면 302.5평보다 훨씬 큰 땅을 별도로 사거나 임차해야 하는데, 이 넓은 땅은 내가 하려는 자연농으로는 등골이 휠 것이다.

고맙게도 내 터는 잘 가꾸면 꽤 쓸 만한 장소를 숨겨놨다. 집터 앞 비탈땅만 해도 족히 100평이 넘는다. 거기에 유실수를 심어 가꾸면 우리 가족이 먹고 남아 나눌 수도 있을 것이다. 집터 옆 산자락 아래와 집 뒤에는 두릅나무를 가꿀 계획이다. 산자락 아래 움푹 들어가서 그늘진 곳은 표고버섯을 재배하기에 알맞다. 이렇게 집터만 활용해도 생계를 꾸리는 데 조금이나마 도움이 될 것이다. 산골 마을의 장점은 집을 벗어나야 보인다. 산이 베푸는 즐거움이야 말을 보태 뭐할까마는, 발품 팔면 멀리 가지 않고도 여러 먹거리를 얻을 수 있다.

그러므로 내 농장은 당장 써먹을 수 있는 땅이 300~350평이고, 집을 벗어나 부지런히 발품 팔면 미칠 수 있는 곳이 족히 수십만 평이다. 이만하면 미국 전 대통령 조지 부시가 소유했다는 텍사스 크로퍼드 목장 196만 평이 부러우랴. 주머니 가볍게 살 생각만 한다면.

나는 이렇게 살자고 산골에 들어왔고, 집을 짓고 있다. 집 짓는 와중에 짬을 내어 나무를 심는 것도 살아갈 조건을 만들기 위해서다. 그러나 단출하게 사는 것이 무엇보다 중요하다. 도시에서 쓰는 에너지와 살림살이, 소비 규모, '흥청망청'을 다 갖고 산골에 들어오면 도시 사람들이 보기에 부러운 전원생활이 될지 모르지만, 산골마저 거덜 날 것이다. 내게 이 좋은 삶터를 내준 산골에 대한 예의는 단출하고 또 단출하게 사는 것이리라. 내 삶은 단출한 만큼 풍요로우리라.

화장실 타일 작업

나무 심고, 곳곳에 쌓인 공사 쓰레기 정리하고, 표고버섯 재배할 참나무도 사다 놓고 하니 3월 하순이다. 제법 멀리 왔다. 이 집을 찬찬히 뜯어보면, 아니 둘러보기만 해도 못난 구석이 한두 군데가 아니다. 그러나 이제 무를 수도, 돌아갈 수도 없다. 못난 곳은 '마감'으로 가리고, 그래도 안 되는 곳은 손바닥으로 눈을 가려서라도 집 짓기를 끝내야 한다. 실내는 화장실 타일, 벽지, 장판, 테두리 몰딩, 화목 난로, 싱크대, 붙박이장 등 마감 작업만 남았다.

화장실 바닥 타일 작업부터 시작했다. 바닥 타일은 물을 쓰는 세면 공간만 시공한다. 볼일 보는 공간은 샤워 커튼으로 분리해서 단열재와 합판을 시공하고 장판을 깔 것이다. 세면 공간과 볼일 보는 공간 분리는 꽤 잘한 선택이다. 내부를 청소하면서 물을 덜 쓸 것이기 때문이다.

사각형 배수구를 임시로 고정하고 타일을 붙였다. 현장에서는 이 배수구를 '유까'라고 하는데, 그 어원을 알고 나면 '웃프다'. 애초 어원 '플로어 드레인floor drain(바닥 배수구)'이 일본으로 건너가 '유까 도렌床(ゆか), drain'이라는 조어가 됐다. 우리나라에서 공사 용어는 주로 일본어를 쓰는데, 어떻게 된 일인지 이 용어는 도렌이 빠지고 유까만 남았다. 그러니 우리가 "유까 하

세면 타일 시공

화장실 벽타일 시공

나 주세요"라고 하면 우리말로 "바닥 하나 주세요"가 되는 셈이다.

벽면에 타일 본드를 사용하지만, 바닥은 압착 시멘트를 사용해야 한다. 한 번 쓰자고 타일 자르는 도구를 살 수 없어 석재 전용 날을 끼운 그라인더로 타일을 절단했다. 그리 어렵진 않으나, 손가락을 다칠 위험이 있어 조심조심 작업했다. 타일 가루를 꽤 뒤집어썼다. '줄눈 간격재'를 타일 사이에 꽂았다. 타일 간격을 일정하게 유지하기 위해서다. 그러나 끝으로 갈수록 타일 간격이 고르지 않았다.

적당한 물매를 처음부터 끝까지 유지하기가 보기보다 어려웠다. 경사면 아래 위치해야 할 타일이 더 위로 와서 여러 번 떼었다 붙였다 했다. 작업이 더뎌서 이틀 걸렸다. 마지막 타일을 붙인 다음 배수구를 압착 시멘트로 고정했다. 끝내고 보니 하수구 쪽 타일이 그 위 타일보다 미세하게 높았다. 그러면 물이 조금이나마 하수구 근처에서 고인다는 얘기다. 초보의 한계다. 압착 시멘트가 굳어서 뜯을 수도 없었다. 시멘트 벽돌을 쌓아 공간을 분리한 턱에도 타일을 붙였다. 이 턱 아래까지 샤워 커튼으로 막으면 세면장에서 물이 밖으로 튈 염려는 없을 것이다.

벽타일은 세면 공간과 볼일 보는 공간 모두 시공하기로 했다. 그 전에 볼일 보는 공간의 바닥 작업을 시작했다. 합판을 미리 시공할 경우, 세면 공간의 바닥 작업을 할 때 물이 튈 수 있어 잠시 미뤘다. 여기는 거실과 달리 미장하지 않아서 습기를 차단할 비닐이 없다. 이리저리 움직이는 비닐 위에 단열재를 시공할 순 없으므로, 지붕 방수 시트 남은 것을 잘라 콘크리트기초 바닥에 부착했다. 그 위에 압출법 보온판을 시공하고, T&G 합판을 올렸다. 이제 벽타일을 시공한다.

아내는 특별한 일이 없으면 주말마다 내려와 함께 일했다. 일이 끝나면 트럭 조수석에 아내를 태우고 함양시외버스터미널로 간다. 터미널 가까운 곳에 트럭을 세우고 대전행 버스에 오르는 아내의 뒷모습을 쳐다본다. 버스가 출발한다. 우리는 손을 흔든다. 버스가 멀어지면 나는 트럭을 세워둔 곳으로 짧고도 먼 길을 걸어간다.

어느 날, 버스를 타고 떠난 아내가 스마트폰으로 사진을 보냈다. 손 흔들며 배웅하는 내 모습을 버스 안에서 찍은 사진이다. 나는 늘 떠나가는 아내의 뒷모습을 바라봤다. 그 모습이 때론 쓸쓸하고, 때론 야속하고, 때론 매정해 보였다. 아내를 보내는 내 모습은 한 번도 상상하지 않았다. 아내가 찍은 사진 덕에 보내는 내 모습을 처음으로 본 것이다. 이제 알겠다. 떠나는 아내가 내게 보인 뒷모습이 사실 떠나보내는 내 얼굴이었음을.

3월 28일, 벽타일 작업은 아래부터 시작해 올라갔다. 출발은 수평이 중요하다. 맨 아래 수평선을 긋고 그 선에 맞춰 타일을 일일이 절단해서 붙였다. 그 위부터 줄눈 간격재를 타일 틈에 끼우면서 작업한다. 문틀과 창틀 둘레에 미리 스테인리스 재질 몰딩을 부착했다. 유튜브 영상을 보면 톱니가 달린 흙손으로 벽체에 타일 본드를 넓게 발라서 한 번에 타일을 여러 개씩 부착해 시공한다. 처음에 나도 따라 하다가 포기했다. 손이 느려 타일 본드가 말랐기 때문이다. 그래서 실리콘 주걱[30]으로 본드를 떠서 타일 곳곳에 듬뿍 바른 다음 그 타일을 벽에 붙이는 방법을 택했다. 이때 타일을 약간 비비듯이 붙이는 게 요령이다. 이 방법도 유튜브 영상에서 봤다. 반복하니 제법 이력이 났다.

일은 아주 더뎠다. "타일 무늬가 거북이 등짝 같네" 하며 실없이 웃었다. 처음 하는 일이 속도가 날 리 없지만, 혼자 하니 더 그랬다. 잘라서 붙여야 할 곳이 많은데, 그때마다 타일을 들고 나가서 그라인더로 절단한 뒤 돌아와야 했다. 타일 수량을 잘못 계산해서 타일 가게에 다녀오기도 했다.

벽타일 작업은 4월 3일에야 끝났다. 마지막 타일은 더 조심해서 절단했다. 여기저기 빠져나온 타일 본드를 깨끗이 정리하고, 타일 줄눈을 먹인 다음 스펀지에 물을 적셔 여러 번 닦았다.

화장실 천장 마감재는 저렴하면서도 가장 많이 사용하는 PVC 렉스판을 샀다. 리빙 보드라고도 한다. 천장 치수에 맞게 절단한 다음 옆 가장자리를 나사못으로 고정하고, 다음 렉스판이 나사못을 가리도록 조립한다. 이 작업을 혼자 어떻게 하나 걱

---

30 이물질을 제거하거나 실리콘 작업 후 마감할 때 사용한다. 건축 현장에서는 주걱을 뜻하는 일본어 '헤라'로 쓴다.

정했는데, 애먹어가면서 결국 해냈다.

천장 마감재를 설치하고 바닥 타일 줄눈 작업까지 마쳤다. 화장실 마감 작업은 수도와 샤워기, 볼일 보는 공간의 장판을 빼고 다 끝났다. 내부를 깨끗이 정리하고 합판 바닥에 벌렁 누웠다. 작은 창문 너머 산기슭에 자작나무 숲이 보였다. 자작나무 사이사이로 연분홍 진달래꽃이 피었다.

도배와 장판 그리고 수도와 전등

M씨가 벽지를 보냈다. 색이 사무치도록 고운 건 벽지를 잘 골라서만은 아닐 것이다. M씨는 아내와 일부러 벽지 가게까지 가서 아내더러 고르라 하고, 본인이 계산했다. 우리는 도시에 살 때, 많은 일을 같이 했다. M씨는 시내버스 기사다. 시내버스 기사가 회사 눈 밖에 나면 고초가 이만저만이 아니다. 차량을 날마다 개인에게 배정하는 노동환경, 일거수일투족을 감시할 수 있는 버스 내 CCTV 때문이다. 시내버스 기사는 회사 눈 밖에 나면 오래 버티지 못하고 그만둔다.

M씨는 불공정한 버스 노동환경을 바꾸려고 오랜 세월 애썼다. 그것도 한 직장에서 말이다. 나는 M씨의 고군분투를 돕는 처지로 만났다. 돌이켜 보니 우리는 한배를 타고 기억에 남는 일을 제법 겪었다. 회사 마당에 앉아 단식하고, 로비 점거 농성도 했다. 얼굴 못 본 지 제법 됐다. 애써 발품 팔아서 보낸 벽지를 보니 함께한 시간이 여전히 각별하다.

유튜브 동영상으로는 천장 도배가 아주 쉬워 보였다. 도배사 한 사람이 보조도 없이 해치우는 걸 보고 아내에게 우리는 둘이 하니 빨리 끝내고 꽃구경이나 가자고 했다. 4월 10일, 그렇게 아내와 천장 도배를 시작했다. 도배할 때는 철자, 커터 칼, 큰 주걱이 필요하다. 뭐든지 전문가용 장비는 비싸다. 나는 당

도배

연히 일반용을 준비했다.

내가 앞에서 도배사 역할을 하고, 아내는 뒤에서 벽지를 받쳐주기로 했다. 유튜브 동영상에서 본 대로 여덟 장에 풀을 발라 접어놓고 첫 장부터 작업했다. 아무리 풀을 발랐어도 그렇지, 새털 같아 보이던 벽지 한 장을 감당 못 해 절절매다 "아이고!" 하며 나가떨어졌다.

마음을 다잡고 다시 시작했다. 이놈의 벽지는 붙이기만 하면 여기저기 울고 비뚤어졌다. 우리는 벽지를 붙이다 말고 싸웠다. 아내가 왜 이렇게 못하냐고 면박을 주면 나는 참지 못하고 버럭 성질을 냈다. 그래도 벽지는 마음같이 붙어주지 않았다. 자존심이 상할 대로 상한 나는 애먼 벽지를 뜯어 박박 찢었다. 아내는 벽지가 뭔 죄냐고 또 나무랐다.

우리는 자리를 바꿨다. 사람은 자기한테 맞는 자리가 있나보다. 아내는 생각보다 도배사 일을 잘했고, 나는 제대로 잡아주지도 못하냐는 타박을 들었다. 끙끙거리다 시간은 훌쩍 가고, 미리 풀칠한 여덟 장 가운데 세 장이 말라 못 쓰게 됐다. 그래도 하다 보니 조금씩 늘었다. 천장 도배는 토요일 오후 1시에 시작해 다음 날 오후 4시쯤 끝났다. 꽃구경은 물 건너갔다. 그나마 집이 작아 다행이다. 아내와 벌인 신경전은 11.3평을 꽉 채우고야 끝났다.

천장 도배할 때 호된 신고식을 치러서인지 벽은 혼자 할 만했다. 벽을 도배할 때는 창까지 벽지를 덮었다가 그 부분만 칼로 오려내야 한다. 화목 난로 연통 구멍도 마찬가지다. 미리 삽입한 이중관을 밖으로 밀어서 벽지를 덮고 도배한 다음 오려냈다. 그런데 구석 모퉁이가 문제였다. 첫날은 그런대로 할 만했으나 다음 날 애먹었다. 벽지가 여기저기서 울고 반듯하게 붙지 않았다. 세 번 실패하고 벽지를 세로로 반 갈라 바르니 언제 그랬냐는 듯 수월하게 끝났다.

집을 지으며 새로 공정을 시작할 때는 대개 유튜브 동영상으로 배운다. 물론 전문가인 유튜버가 초보자를 생각하고 배려해서 작업 방법을 설명할 것이다. 하지만 초보자를 배려하는 것과 초보자 처지는 다르다. 나처럼 공간지각 능력과 섬세한 손작업 능력이 떨어지는 사람은 구석 모퉁이 도배할 때 세로로 반 갈라서 바르는 게 차선책이다. 하지만 유튜브 어느 동영상에서도 '도저히 안 되면 세로로 반 갈라 바르라' 하는 걸 못 봤다. 도배사로서는 상상도 못 할 일인지 모른다. 도배 작업은 4월 13일에야 끝났다.

자재를 구입할 때 가까운 지역 업체부터 알아본다. 비슷한 값이면 내가 사는 지역에서 구입하는 것이 나한테도, 가게 살림에도 도움이 되기 때문이다. 그렇지만 인터넷을 통해 주문할 때와 가격 차이가 제법 나면 별수 없이 인터넷으로 주문한다. 장판도 그랬다.

장판은 가장 많이 쓰는 모노륨을 깔기로 했다. 읍내 장판 가게에서 견적을 받았다. 장판 두께에 따라 가격 차이가 컸다. 가게 사장이 직접 시공해준다며 시공비는 포함되지 않은 값이라고 했다. 장판 시세를 모르니 특별한 일이 아니면 그곳에서

장판 시공

구입할 생각이었다. 하지만 인터넷 사이트를 통해 견적을 받고 생각이 바뀌었다. 아무래도 서비스로 제공한다던 시공비가 알게 모르게 장판 값에 포함된 모양이다.

4월 17일, 장판을 시공했다. OSB 합판에 넓게 본드를 칠하고 돌돌 말린 장판을 펴가면서 붙였다. 장판 시공을 마치고 바닥과 벽이 만나는 지점은 철자를 대고 칼로 자른 뒤 실리콘을 길게 주입했다. 합판과 합판이 만나는 곳은 장판이 조금씩 울었다. 할 수 없는 일이다. 화장실 볼일 보는 공간도 장판을 깔았다. 이곳은 방수에 신경 써야 해서 합판에 방수 시트를 붙인 다음 장판을 깔았다.

장판과 벽이 만나는 자리는 걸레받이라고 하는 긴 마감재를 쓴다. 걸레질할 때 걸레가 벽에 닿는 것을 막아준다고 해서 이렇게 부른다. 물론 미관 목적도 있다. 걸레받이를 새로 구입해야 하나 생각하다가, 전에 외벽 귀퉁이 마감용으로 쓰려다 너무 약해서 포기한 'ㄱ 자형' 몰딩용 목재가 떠올랐다. 밤색 계열이라 때가 덜 탈 것 같고, 절반 갈라 'ㄴ 자형'으로 만들면 쓸 만하겠다 싶었다. 테이블 쏘로 반 가른 뒤 '1 자형' 핀을 쓰는 태커를 쏘아 고정했다. 효과 만점이었다. 미관으로 보나 견고함으로 보나 나무랄 데 없었다. 불필요해 보이는 물건을 버리지 않고 용도를 잘 찾아 쓰는 것도 훌륭한 기술임을 배웠다.

화장실 세면 공간에 수도와 샤워기를 설치했다. 화장실 문도 달았다. 실내 작업 중 화목 난로와 싱크대, 온수기, 붙박이장 등은 바깥에 데크를 설치한 뒤 진행하기로 했다. 전등을 샀다. 안방 역할을 하는 공간에 하나, 거실 공간에 하나, 주방과 화장실까지 네 개다.

4월 21일, 실내 전기공사를 한 업체 사람들이 와서 조명과 콘센트, 스위치를 달았다. 그동안 써온 임시 전기를 연결해 전등을 켰다. 집 안이 환해졌다. 술 좋아하는 사람들은 왜 이렇게 기념할 일이 많은가. 집 안이 환해진 걸 기념한다고 윗집 이웃께서 막걸리 두 병을 가져오셨다.

⑨ 데크, 데크 지붕
치유 그리고 회복

노동 상담 일을 할 때 이야기다. 나를 찾는 노동자는 저마다 비상 깜빡이를 켜고 찾아왔다. 일종의 SOS 신호다. 그 신호의 의미를 잘 읽고 함께 적절한 해결 방안을 찾아 나서는 게 내 일이다. 간혹 전혀 다른 비상 깜빡이를 켜고 찾아오는 이들이 있다. '켜고'가 아니라 '켜진 채로' 왔다. 비상 깜빡이 센서가 나갔기 때문이다.

그들의 고장 난 비상 깜빡이는 24시간 내내 예고 없이 켜졌다 꺼졌다 했다. 경계해야 할 때와 쉴 때를 구분하지 못하는 불안과 긴장, 지속되는 우울, 불면, 무기력, 감정 조절의 어려움, 문득문득 드는 죽고 싶다는 생각이 제어되지 않은 채로 깜빡거렸다. 센서 나간 비상 깜빡이는 왜 그리 많던가!

어떤 이는 퇴출 대상자로 지목돼 회사가 기획한 퇴출 프로세스에 따라 정교하게 괴롭힘과 따돌림을 당했다. 회사에 찍혀 업무에서 배제되고, 외딴곳에 책상 하나만 덩그러니 배정된 이도 있다. 잉여 인력이라며 더운 여름날 건물 밖으로 쫓겨나 풀을 뽑은 이와 비교하면 어느 쪽이 더 견딜 만할까? 어떤 이는 줄곧 악성 고객에게 시달렸으나, 시끄러워지는 것을 싫어하는 회사가 그를 방치했다. 바른 소리 하다가 CCTV로 감시를 받아 신경증에 걸린 이도 있었다. 지적 능력이 떨어지는 여성을 부서 동료들이 집단으로 괴롭히고, 회사는 이런 상황을 모른 척했다. 장애가 있는 여성을 채용하고 장애인 고용 지원금을 받은 뒤, 그녀의 장애 상태로는 할 수 없는 일로 업무를 바꿨으나 노조는 침묵했다. 불법 파견으로 고용한 여성이 임신하자, 계약 기간 만료를 이유로 해고했다. 어떤 이들은 높은 자발성으로 모든 걸 불태우다 번아웃 됐다. 그 상황을 은근히 즐기고 잘한다며 부추기던 기업의 책임 문제는 별개다. 이런 예는 한도 끝도 없다.

고장 난 비상 깜빡이가 켜진 채 찾아오는 이는 모두 개인이다. 유의할 점이 있으니, 사실은 성과와 경쟁을 불쏘시개로 삼은 성장 중심 사회가 그들을 통해 비상 깜빡이를 켠 것이다. 그러므로 개인이 일터에서 겪는 고통을 대할 때는 그 고통에 개인의 기질이나 성향의 문제가 섞여 있어도 거기에 주된 책임을 물어선 안 된다. 해법 역시 경쟁 중심 사회를 순화하고 직장 민주주의를 향상하는 방향에서 찾고, 그와 함께 개인 회복을 지원하는 방안을 모색해야 한다.

이 장황한 이야기가 내 손으로 집 짓기와 무슨 상관이 있을까. 나는 이런 문제로 고민하는 이들을 돕기 위해 비영리단체를 설립했고, 내가 할 일을 했을 뿐이다. 그런데 내게도 번아웃이 왔다. 센서가 고장 나 작동하지 않는 비상 깜빡이가 나한테도 켜졌다. 나를 찾아온 이들이 겪은 심각한 증상을 나도 똑같이 겪었다. 의학적으로 우울증과 번아웃은 사실상 구분하기 어렵다고 한다. 과거를 곱씹어서 뭐 하겠는가. 하려는 얘기는 지금부터다.

나는 번아웃이 꽤 지속된 상태에서 일터를 떠났다. 노무사 사무소를 정리하고 비영리단체를 설립할 때는 짧게 3년, 길게 5년쯤 일하고 산자락에 가서 살자 했다. 그 좋은 꿈을 12년 만에 이루기는 했지만, 하필 에너지가 고갈된 상태에서 출발한 것이다. 회복할 시간이 필요했다.

때마침 귀농인의집에서 보낸 10개월이 큰 도움이 됐다. 번아웃 현장에서 멀찌감치 떠나 몸을 놀리고, 흙을 만지고, 작물을 키우는 과정에 집중할 수 있었기 때문이다. 다만 번아웃이 심각해서 완전히 회복하지 못한 상태였다. 중이 제 머리를 못 깎는다고 타인의 고통을 다루고 당사자와 함께 해결해가는 일은 그럭저럭했는데, 정작 내 문제 해결에는 젬병인 채로 몇 년을 더 태워버린 셈이다.

내 손으로 집을 짓기 시작할 무렵은 번아웃에서 어느 정도 회복됐지만 후유증이 있는, 완전한 회복에는 좀 더 시간이 필요한 시기였을 것이다. 전적으로 돈이 없어 시작한 내 손으로 집 짓기는 결과적으로 훌륭한 선택이었다.

내 손으로 집을 지으면서 완공 예정일을 못 박지 않았다. 덕분에 집 짓는 속도를 내가 결정할 수 있었다. 쉬고 싶을 때 쉬고, 서두르자 할 때 서두르고, 천천히 하고 싶을 땐 속이 터지도록 느리게 일했다. 내 손으로 집 짓기가 쉬운 일은 아니지만, 지레 겁먹은 만큼 어렵지도 않았다. 방법을 찾고, 시행착오를 수정하면서 공정을 끝내는 과정이 마치 서바이벌 게임의 미션을 완수한 것처럼 적당한 긴장과 성취감이 있었다.

무엇보다 마음을 집중해서 몸을 써야 한다는 점이 중요하다. 손은 공구와 자재를 놓쳐선 안 된다. 똑바로 보고 못을 박아야 한다. 허리가 다치지 않으려면 바른 자세로 힘을 바짝 줘야 한다. 발은 헛디디지 않도록 조심해야 한다. 잡생각이 떠오를 틈 없이 몸에 집중할수록 감각은 더 또렷해졌다.

집을 짓다 보면 혼자 하기 어려운 공정에 맞닥뜨린다. 함께 일하면 고립감에서 벗어나, 유대감과 연대감을 맛보며 힘을 얻을 수 있다. 그러면 마음에 에너지가 채워진다. 내가 그랬다. 아내가 주말마다 내려왔고, 큰 공정을 거칠 때마다 고마운 벗들이 전국 각지에서 먼 길 마다치 않고 함께 했다. 올 수 없는 이들은 나름의 방법으로 도왔다.

이런 개인의 체험을 쓰는 일이 조심스럽다. 구조적인 문제를 외면하고 개인 회복에만 초점을 맞춘 이런저런 해법은 의도하지 않아도 문제의 책임 소재와 해결 주체를 개인에게 전가할 소지가 있기 때문이다. 그런데도 거쳐야 할 것이 어려움을 겪는 당사자의 회복이라고 할 때, 내 체험 역시 쓸 만한 점이 있을 것이다. 나는 집 짓기를 통해 소중한 도움을 받았다. 이 경험으로 마음 회복에 필요한 과정을 몇 가지 범주로 개념화할 수 있었다. '자기 결정감'과 '자기 통제감'의 회복, 적당한 긴장과 성취, 마음을 집중한 몸 쓰기와 감각의 회복, 유대감과 연대감이다.

개념화할 수 있다면 체험하기 어려운 '내 손으로 집 짓기'가 아니라 좀 더 쉬운 방법으로도 충분히 얻을 수 있을 것이다. 글이 길어졌다. 집 안에서 뒹굴뒹굴해도 좋지만, 때론 데크에 앉아 저 앞 백두대간 능선을 보며 '멍때리는' 시간도 얼마나 좋은가. 이제 데크를 짓자.

마을 이웃들과 데크를 놓다

데크를 만들자 했을 때, 나와 아내 의견이 갈렸다. 나는 데크를 작게 만들고 마당을 넓게 쓰자 했고, 아내는 데크를 크게 만들어서 모여 앉는 공간으로 활용하자 했다. 결국 아내 의견을 좇았다. 데크 크기는 집 방향에서 7.2×2m로 정했다. 데크 지붕 가로는 집 벽체 길이와 같게 하고, 세로는 데크를 충분히 가리도록 정했다. 이렇게 결정하니 갑자기 덩치 큰 공사가 하나 늘었다.

여기서 데크 지붕은 건축물 평수에 들어간다는 점에 유의해야 한다. 이 문제를 건축사 사무소와 상의했는데, 집이 워낙 작아서 용적률에 여유가 있으니 데크 지붕을 포함해 설계를 변경하자고 했다. 굳이 나중에 불법 건축을 할 필요가 없다는 얘기다. 당연히 건축사 사무소 의견에 따랐다.

데크 시공을 계획하기에 앞서 마을 분들과 관계를 생각했다. 일찍이 마을 분들과 함께 집 짓기를 계획했다가 포기했다. 그 뒤로 마을 운영진에게 집 짓기와 관련한 도움을 요청한 적이 없다. 마을 운영진은 내가 요청한 행정절차를 성심성의껏 도왔다. 기초를 세우려고 콘크리트를 붓다 거푸집이 터졌을 때, 한달음에 달려와 열과 성을 다해 수습해준 이들도 마을 운영진이다.

내가 마을 운영진이라면 좀 섭섭했을 것 같다. 자기 집을 지어본 경험이 있고 산골에 살면서 크고 작은 것을 손수 만들어온 분들인데, 게다가 도움을 요청하면 소매 걷어붙이고 도울 준비가 됐는데 지금까지 한마디 없단 말인가. 그래서 집 짓기 공정 하나는 마을 이웃들과 해야겠다고 생각했다. 데크 만들기가 큰 공사이기 때문에 내게도 도움이 될 터였다. 나는 마을 운영진에게 데크 공사를 도와주십사 요청했다. 운영진은 흔쾌히 수락했다.

4월도 하순에 접어들었다. 집터에서 50m 남짓 떨어진 곳에 앙증맞도록 자그마한 저수지가 있다. 물 위로 떨어진 꽃잎이 가득했다. 마치 꽃차를 우려서 지나가는 이들에게 한잔하라고 큰 사발로 내놓은 것 같았다. 집터 한 귀퉁이에서 올라오는 땅두릅을 몇 순 꺾어다 전을 부쳤다.

처마 기둥과 데크에 들어가는 목재는 모두 방부목이다. 몸에 좋지 않지만, 비와 햇볕에 노출되니 어쩔 수 없었다. 처마 기둥은 데크와 엮어 세우면 훨씬 튼튼할 거라 해서 함께 시공하기로 했다. 마을 사람들과 한날 모여서 데크 시공을 끝내려면 몇 가지 작업을 미리 해둘 필요가 있었다. 데크 처마 기둥의 주춧돌 놓을 자리에 구덩이를 여섯 개 팠다. 데크 길이와 너비 치수를 맞춰서 미리 틀을 짜고 목재를 대어 임시로 고정했다. 직사각형인 데크 틀은 높이와 수평이 일정하도록 설치해야 한다. 시공 준비를 하는 데 여러 날이 걸렸다. 5월 접어들자 한낮에는 볕이 뜨거웠다.

데크 설치

잠시 짬을 내 화목 난로를 모셔왔다. 충남 예산에 있는 적정기술 협동조합 '따뜻한공방'이 제작한, 이름도 꽤 유머러스한 'Angry Stove 6(화통)'다. 지난날 인연을 맺은 대표께서 전시 상품이라고 싸게 주셨다. 이것도 빚이라 생각하며 트럭에 모셔왔다. 출입문 틀에 나무로 몰딩 마감도 했다. 나름 궁리해서 했는데 운치 있었다.

5월 7일, 날이 더워 일찍 시작하기로 했다. 운영진을 포함한 마을 이웃 다섯 명이 개인 장비를 들고 왔다. 이웃들은 오래 호흡을 맞춰 마을 살림을 직접 만들어왔다. 자연스럽게 재단 팀과 설치 팀으로 나뉘었다.

처마 기둥부터 세웠다. 구덩이에 묻힐 주춧돌 높이가 제각각이므로, 기둥의 최종 높이가 일정하도록 치수를 계산해 목재를 재단했다. 재단한 기둥과 주춧돌은 볼트로 결속하고, 구덩이에 수직을 맞춰 세운 뒤 미리 설치한 데크 틀에 붙여 못을 박았다. 물과 혼합한 레미탈을 붓고, 기둥이 튼튼히 자리 잡도록 임시로 고정할 목재를 댔다.

데크 상판을 받쳐줄 장선과 그 장선이 처지지 않도록 잡아줄 받침대를 설치했다. 산골에 살면서 이것저것 만들어본 생활 목수들답게 빨리, 정확히 작업했다. 장선이 흔들리지 않도록 고정한 다음 데크 상판을 깔았다. 상판이 습기에 불은 상태라면 상판 사이를 띄울 필요가 없지만, 바짝 말랐다면 약간 틈을 줘야 한다. 습기가 빠지면 수축하고 습기를 머금으면 팽창하기 때문이다. 못은 휘는 성질이 있고, 나사못은 부러지는 성질이 있다. 하중을 받는 장선과 받침대는 못을 박고, 고정하면 되는 상판은 나사못을 죄었다.

작업은 오전 8시에 시작해 오후 4시에 끝났다. 마을 운영진이 생각지도 못한 '주택 신축과 입주 축하금' 봉투를 내밀었다. 말 그대로 입주 축하금이라며 필요한 곳에 보태라고 한다. 내가 돈을 드려도 부족할 판에 역할이 바뀌었으니 이렇게 민망한 일이 없었지만, 통장 잔고가 신경 쓰이던 상황이라 한시름 났다.

데크 지붕

잠시 일을 놓고 고구마순, 가지와 토마토, 고추 모종을 조금씩 심었다. 열흘 전 작은 고랑 하나에 옥수수 씨앗을 묻었는데, 이 가문 날에 어찌 살려고 어린싹이 고개를 내밀었다. 작년 가을에 심어 풀로 덮어준 마늘은 씩씩하게 커서 내가 다 미안했다. 마늘대가 바람에 낭창거린다. 발길 한 번 하지 않은 무심한 나를 후려치는 회초리 같다. 산골 마을에도 아까시나무 꽃이 피었다. 덜 벌어진 몇 송이를 따다가 전을 부쳐 먹었다. 갈수록 한낮 햇볕이 뜨겁다. 비를 못 본 지 꽤 됐다.

5월 12일, 데크 지붕 작업을 시작했다. 먼저 데크 지붕을 받칠 뼈대를 설치해야 한다. 데크에서는 장선이라고 한다. 장선에 들어갈 목재에 오일 스테인을 칠했다. 데크 시공할 때 미리 설치한 기둥 끄트머리에 기둥과 기둥을 가로지르는 들보를 설치했다. 장선 한쪽은 들보에 얹히는데, 집 벽체에는 장선을 고정할 상을 설치해야 했다. 상은 2×6in 목재를 기둥에 설치한 들보보다 약간 높여서 벽체에 못을 박아 고정한다.

이 과정이 난도가 높다. 벽체 안에 숨어 있는 못 박을 자리 (스터드)를 찾아야 하기 때문이다. 죄다 OSB 합판에 못이 박히면? 생각만 해도 끔찍하다. 다행히 나는 집의 구조를 이해하고 있다. 못 박을 자리를 찾아 일일이 표시했다. '많이 컸구나!' 내

데크 지붕 작업

화목 난로

가 대견했다. 장선을 일정한 간격으로 설치했다. 하중을 견디려면 여기저기 보강해야 한다. 인터넷으로 주문한 렉산[31]도 왔다.

5월 21일, 그동안 몇 차례 큰 힘을 쓴 J가 고맙게도 지원군두 명까지 모시고 왔다. 지붕에 투명한 골판 렉산을 설치한다.한낮은 벌써 여름처럼 뜨거웠다. 밑에서 렉산을 올리고, 위에서는 렉산을 겹쳐 빗물 방지용 캡을 씌우고 나사못으로 고정했다. 종일 렉산 지붕에서 작업했다. 머리에 수건을 쓰고 그위에 모자까지 썼지만, 내리쬐는 열기를 막아내기엔 역부족이었다. 일은 원래 끝이 보일 때 가장 힘든 법이다. 산에 오를 때'깔딱고개'가 힘든 것은 가파르기도 하지만, 정상이 바로 위에있기 때문이다.

J 일행은 다음 날도 많은 일을 도왔다. 천장과 벽체가 만나는 곳에 몰딩 마감용 쫄대를 부착했고, 싱크대 하부 장과 상부 장을 설치했다. 화목 난로도 설치했다. 이제 여러 사람 힘이 필요한 일은 끝났다.

몸이 좀 지쳤다. 장마가 들기 전에 끝내겠다고 더운 날 얼마동안 무리했기 때문이다. 하루를 비웠다. 진주까지 나가 다큐멘터리 영화 〈아치의 노래, 정태춘〉을 봤다. 솔숲이 내다보이는 커피숍에 앉아 서정춘 시인의 시집을 꺼냈다. 〈접석接石〉이라는 시에 눈이 갔다. "눈먼 돌 귀먼 돌에 / 살붙이 혈육으로

---

[31] 플라스틱의 일종이지만, 충격강도가 우수해 캐노피 등 지붕재로 많이 사용한다. 폴리카보네이트(PC)라고도 불린다.

접을 붙으면 / 캄캄한 그 안에서 / 모래알이 보이지 / 모래알을 적시는 물소리도 들리지 // 돌 속에 / 내 마음 놓아버렸으니"[32]

　마음을 돌에 접붙이다니! 접을 붙이면 캄캄한 그 안에서 모래알이 보이고, 모래알 적시는 물소리가 들린다니! 어느 간곡한 곳이 있어 나도 그곳에 마음을 접붙이고 싶다.

32　〈접석〉, 《하류》, 서정춘, 도서출판 b, 2020.

🏠 10 준공
세상에 하나뿐인 내 집

6월이다. 지난해 6월에 공사를 시작했다. 모든 여행의 끝은 어쩌면 처음으로 돌아가려는 성질이 있는지 모른다. 그래서 여름에 시작한 일이 가을과 겨울, 봄을 지나 여름으로 돌아왔나 싶다. 공사를 시작한 6월부터 가을까지 비가 지긋지긋하게 내리더니, 지난겨울부터 든 가뭄이 끝날 줄 모른다. 온 땅이 마르다 못해 쩍쩍 갈라졌다. 장마 오기 전에 끝내자고 서둘렀는데, 이젠 장마가 기다려진다.

50ℓ 온수기가 도착했다. 보일러 난방 대신 설치하는 것이다. 메인 수도관에서 출발해 냉수는 싱크대와 화장실로 직접 가도록, 온수는 온수기를 거쳐 싱크대와 화장실로 가도록 배관을 마무리했다. 드러난 수도관은 보온재로 감쌌다. 역시 처음 하는 일이라 모양은 예쁘지 않았지만, 누수 없이 잘 끝냈다. 주방 싱크대 안쪽에 남은 목재와 아까시나무 집성목으로 조리대를 설치하고, 아내가 큰맘 먹고 산 전기 레인지를 올렸다. 준공 절차에 필요하다 해서 소화기를 놓고 화재경보기도 달았다. 군에서 공무원이 다녀갔다.

작은 집이라 공간을 최대한 아껴 살림을 배치해야 한다. 그러자면 수납공간을 잘 확보해야 한다. 남은 목재와 새로 산 목재로 붙박이장 겸 수납공간을 만들었다.

6월 23일, 건축사 사무소에서 연락이 왔다. 준공 허가가 났다고 한다. 드디어 이 집에 들어가 살아도 된다는 '사용 승인'을 받은 것이다. 터를 파는 작업부터 꼬박 1년이 걸렸다. 산촌 체험관 월세를 아끼기 위해서라도 일단 짐을 옮기기로 했다. 세간살이를 더 제작하는 일, 밭을 일구고 마당을 만드는 일은 들어가 살면서 하기로 했다.

내 손으로 집을 짓자고 마음먹은 건 인생 통틀어 손꼽을 만한 사건이다. 오랜 세월 주눅 들고 뒤로 숨고 겁쟁이던 손이 톰 소여와 허클베리 핀처럼 모험을 시작했고, 지금 모험담이 막을 내리고 있다. 뒤로 로시난테를 닮은 오두막 한 채와 흰머리 성성한 돈키호테의 실루엣이 보여도 좋다.

내 손으로 세상에 하나뿐인 내 집을 지었다.

함양시외버스터미널 뒤쪽에 'H공업사'라는 자동차 정비소가 있다. 낡고 그리 크지 않은 콘크리트 건물에 처마라 할 만한 곳이 있는데, 거기가 제비들의 천국이다. 제비 똥이 어지간히 떨어졌을 텐데, 둥지가 헐리지 않고 여기저기 자리 잡은 걸 보면 이곳 사람들 인심이 후한가 보다. 제비들이 내 머리 위로 정신 사납게 들락날락했다. 내가 다가가면 잽싸게 사라지는 통에 낯 한 번 보기도 어려웠다.

사람한테 주는 인심이 제비한테 주는 인심하고 크게 다를 것 같지 않다. 신호 대기 중에 승용차가 뒤에서 내 트럭을 들이받아 찾아간 곳이 H공업사다. 그날 오후면 수리가 끝난다고 했다. 집에 다녀와야 할 일이 있는데, 렌터카 부르기도 애매하고 교통이 안 좋아 난처했다. "뭐 이런 거 갖고 렌터카 부릅니까? 내 차 타고 갔다 오이소." 차를 수리하기로 한 분이 흔쾌히 자기 차를 내줬다.

마침 승용차 운전자 측 보험사에서 교통비를 지급하기로 해 '그 돈을 이분한테 드리면 되겠구나' 생각했다. 수리 맡긴 차를 찾으러 갔을 때, 차를 빌려준 이는 자리에 없었다. 사무실에 있는 나이 지긋한 여성에게 사정을 말하고 차 사용한 값을 전해달라고 하니 극구 사양한다. "그 사람은 원래 차 잘 빌려 줘요. 돈 준다고 받을 사람도 아녜요." 주겠다는 쪽과 안 받겠다는 쪽의 실랑이가 여러 번 오간 끝에 간신히 타협을 봤다. "그러면 만 원만 주이소. 사정을 잘 얘기하고 전달할게요." 사무실 문을 나오면서 다시 처마를 보니 "여기에 제비 집 많습니더" 한다.

내 집에도 제비를 들이고 싶다. 저 사람 인심 좋다고 제비들 사이에 소문날 때까지 시간이 걸리겠지만. 갓 지은 내 집도 H 공업사 건물처럼 낡을 때가 올 텐데, 인심 좋게 낡아서 제비 집 몇 채 품었으면 좋겠다고 문득 생각했다.

✻

지붕은 다행히 비가 새지 않고, 태풍에도 날아가지 않았다. 입주하고 첫 겨울이 왔다. 12월부터 닥친 한파는 1월이 되자 절정으로 치달았다. 다행히 수도가 얼지 않았고, 추위도 하루에 장작 몇 개를 때는 정도로 충분히 견딜 만했다. 볼수록 초보 티가 역력한 이 집의 구조적인 완성도를 가늠할 수 없으니, 입주 후 큰 불상사 없이 지나가는 일은 모두 나에게 '다행'이다.

겨울에 찾아온 벗들이 "집이 춥지 않고 아늑하다" 했다. 덩달아 내 마음도 아늑하면서 뿌듯했다. 보일러를 설치하지 않은 대신 아침저녁으로 화목 난로 장작을 지피는 수고는 해야 한다. 사실 수고랄 게 없다. 산골 마을에서 겨울은 특별한 배려를 받은 것처럼 시간이 천천히 흘러간다. 집을 작게 지은 것과 바닥 난방 시설 대신 바닥 단열을 시공한 것은 지금 생각해도 좋은 선택이었다. 시공 방법을 찾느라 머리를 쥐어짜야 했지만, 바닥 단열 덕에 적은 장작으로 겨울을 났다.

싱크대 밑에는 설거지물 받는 통을 두고, 하루에 한 번씩 퇴비장 고래통에 쏟은 다음 어느 정도 찰 때쯤 텃밭에 뿌린다. 꾸준히 관찰하니 혼자 있을 때는 하루에 8ℓ 안팎, 아내와 함께 있는 주말에는 15ℓ 안팎으로 물을 쓴다. 설거지물을 받아보니 도시에 살 때 싱크대 앞에서 물을 얼마나 헤프게 써댔는지 알게 됐다. 그때는 아무 거리낌 없이 콸콸 흘려보냈다.

오줌통이 차면 역시 고래통에 모아 설거지물과 섞어서 밭에 뿌린다. 생태 변기에 똥이 차면 퇴비장 고래통에 모은다. 해마다 늦가을에 고래통을 비우고 낙엽과 깻묵을 섞어서 퇴비를 쌓은 뒤 1년 더 삭히면 거름으로 쓸 수 있다. 똥오줌을 모으며 생활한 지 10년쯤 돼서 이 방면에 나름 노하우가 쌓였다.

화장실 세면 공간에는 세탁기가 없다. 흙먼지와 땀을 제외하면 오염 물질이 묻을 일이 없으므로, 빨랫감을 몇 시간 물에 담갔다가 자근자근 밟고 적당히 짜서 마당에 넌다.

설거지물을 비우고, 똥오줌을 모으고, 손빨래하는 일이 불편했다면 나는 며칠을 못 참고 집을 뜯어고쳤을 것이다. 불편함을 못 느끼기에 그럭저럭 즐기며 산다. 이런 내 입장에서 '불편'은 '더 편한 상태'와 짝을 이뤄야 성립할 수 있는, 즉 독

싱크대 밑 설거지물 받는 통

생태 변기

립적으로 존재할 수 없는 관념이다. 걸어가면서 "아이고 불편해" 하면 차를 타고 가는 걸 염두에 둔 말이고, 대중교통을 몇 번 갈아타면서 "불편해 못 살겠어" 하면 승용차로 단번에 가는 걸 염두에 둔 말이다. 내가 지금 불편하지 않은 것은 눈앞에서나 머릿속에서 딱히 비교할 게 없기 때문이기도 하다. 물론 나도 편리함을 좋아한다. 다만 비교 대상인 편리함과 불편함 사이에서 편리함을 선택했을 때 치러야 할 대가가 크기에 감수할 만한 것이라면 기꺼이 불편함을 선택할 뿐이다. 당연히 이때부터는 비교할 게 없는 것이다.

도시에서 왔다 갔다 하는 아내는 좀 다르다. 시골 생활과 도시 생활을 비교해서 달아볼 '생활 습관의 저울'이 있기 때문이다. 고맙게도 아내는 수세식 변기 대신 생태 변기에 볼일 보는 데 완전히 적응했다. 싱크대에서 물을 쓰는 일은 때때로 어려운 모양이다. 설거지 물통이 두 번 넘쳤다. "아이고 불편해. 옛날 사람들이 왜 일찍 죽었는지 알겠어!" 이때는 쥐 죽은 듯이 입 다물고 있는 것이 상책이다.

봄이다. 밭을 일구고 나무를 더 심어야겠다. 산 아래 그늘진 곳에 표고버섯을 재배할 참나무 놓을 자리도 만들어야 한다. 장작을 보관할 작은 창고도 필요하다. '일'이란 놈은 가까이할수록 옆에 있어달라 보채는 성질이 있으니, 한 번씩 어르고 달래서 쫓아버리고 신나게 놀 테다. 그리고 작은 계획이 하나 있다. 적당한 때 처마 밑에 박쥐 집을 만들어서 박쥐와 어울려 사는 프로젝트를 시작할 테다. 경계와 변방에 끌리는 나는 역시 경계와 변방의 느낌을 주는 박쥐한테도 마음이 간다. 무엇보다 박쥐는 농약을 치지 않는 생태 농업 환경에서 모기나 벌레 따위의 중요한 천적이다.

1년 동안 집을 짓고 입주했어도 '내 손으로 집 짓기'는 끝나지 않았다. 생태를 존중하고 자연 순환의 이치를 따르는 삶터와 '삶터 속의 집'을 짓기로 했으므로, 내 손으로 집 짓기는 나에게 시간이 흘러도 현재진행형이다.

*

이름을 지어주면 마음도 몸도 따라간다. 아내와 나는 함께 지은 집과 집을 품은 삶터의 이름을 짓기로 했다. 흔히 쓰는 '농장'이 어떨까 해서 무슨 농장, 무슨 농장 이름을 붙여봤지만, 성에 차지 않았다.

땅에서 나는 먹거리라도 자급하며 살자고 자리 잡은 곳인데 거창하게 무슨 농장이냐 하는 생각이었다. 여러 날이 지나도 마음에 드는 이름이 떠오르지 않았다. 그러면서도 은근히 '바랭이'에 끌렸다. 도시에 살 때 주말농장 이름이 '바랭이농장'이었다. 그냥 바랭이라는 이름이 좋았다.

내가 '바랭이'라면 아내한테 맞는 이름도 있어야지 싶었다. "개망초가 어떤가?"라는 말이 불쑥 나왔다. 무슨 악의가 있어서가 아니라 내가 개망초를 좋아하기 때문이다. 야단맞았다. 질경이, 민들레, 쑥부쟁이, 냉이, 엉겅퀴… 그러다 또 야단맞을 할미꽃. 이렇게 많이 알지도 못하는 풀이름을 갖다 붙이다가 '명아주'가 튀어나왔다. 어? 괜찮네, 어감이 좋아. 이렇게 해서 '바랭이명아주'로 낙찰됐다.

바랭이와 명아주는 둘 다 풀인데 성향은 정반대다. 바랭이는 집요하게 옆으로 퍼지고, 명아주는 꼿꼿하게 위로 자란다. 나와 아내의 기질이 딱 그렇다. 삶터의 이름을 '바랭이명아주'로 끝내기엔 뭔가 빠진 듯 아쉬웠다. '볕'이라는 말도 전부터 마음에 두고 있었다. 다시 얘기가 오가다 마지막에 다다른 이름이 '볕좋은날, 바랭이명아주'다.

산골에 북향인 집터는 겨울 볕이 귀하다. 해가 노루 꼬리만 한 동짓날에는 볕이 11시 가까이 되어 들고, 오후 4시 좀 지나면 진다. 겨울철 가장 좋은 날은 볕 좋은 날이다. 볕 좋은 날이 있어 살을 에는 눈보라도, 손발이 오그라들도록 파고드는 산그늘 냉기도 견딜 만하다. 산골에 살면서 겨울을 지나니 비로소 볕 귀한 줄 알겠다.

우리 삶터의 이름이 된 '볕좋은날, 바랭이명아주'에 무슨 심오한 뜻이 더 있겠냐마는, 그래도 바랭이 명아주를 비롯한 크고 작은 풀과 여러 생명이 어울려 살아가면 좋겠다. 편치 않은 세상사로 몸과 마음의 쉼이 필요한 이들이 잠시 들러 손바닥만 한 '볕'을 쬐고 가도 좋다.

그러니 볕 좋은 날 오소서, 바랭이 명아주 노는 곳!

작은 집을 짓다

펴낸날 2023년 7월 28일 초판 1쇄

지은이 조광복

만들어 펴낸이 정우진 강진영 김지영

꾸민이 Moon&Park(dacida@hanmail.net)

펴낸곳 (04091) 서울 마포구 토정로 222 한국출판콘텐츠센터 420호 도서출판 황소걸음

편집부 (02) 3272-8863

영업부 (02) 3272-8865

팩 스 (02) 717-7725

이메일 bullsbook@hanmail.net / bullsbook@naver.com

등 록 제22-243호(2000년 9월 18일)

ISBN 979-11-86821-87-9 (03810)

황소걸음
Slow & Steady

© 조광복, 2023